風にのれ!

龍馬にあこがれた少年の旅

Aoyama Misako
青山 美沙子

日本文学館

目次

颪にのれ！

龍馬にあこがれた少年の旅

ケンカ

「ほら淳《じゅん》ちゃん、まっすぐ落ちてくる雪を真下から見上げていると、空に舞い上がっていけるのよ」

亡《な》き母のうれしそうな声が聞こえた。

ふたりを相手にケンカした後、土手に寝転がって十分ほど経っていた。荒かった息づかいが、やっと正常に戻りつつあった。

今日で三月も終わりだというのに、やけに寒いと思っていたら雪が降ってきた。

「ちくしょう、天気予報が当たりやがった」

つぶやいた後、聞こえてきた母の声だった。

淳之介《じゅんのすけ》はそのままの姿勢で、大粒の雪が落ちてくる空をにらみつけていた。すると、体がふわっと浮いて、少しずつ空に吸い込まれていった。静かに空へ舞い上がりながら、母を想った。

口のわきを切ったらしく、落ちた雪が傷にしみて目を閉じたとたん現実に返った。隣に座り込んだ良太《りょうた》の、しくしく泣く声も耳に入ってきた。寒さが骨身《ほねみ》にしみてきたので、立ち上がってケンカの前に脱ぎ捨てたダウンジャケットを探した。黒いジャケットのあちこちに、泥靴で踏まれたあとがあった。草の上の雪をかき集め、ぬぐってから着た。

良太を立たせ、ケガがないか調べた。淳之介を呼び出すおとりに使われただけで、良太に手出しはしなかったようでほっとした。

「行こうぜ」声をかけて歩き始めた。

「でも……淳ちゃん、ケガしてるよ」泣きべそ状態の良太が言った。

「ちょっとぐれぇ大丈夫だよ」口の中に広がる血の味を消そうと、つばを吐いた。うっすら雪の積もった草むらに、広がった赤い点々が花のようだ。

「ほら、早く家に帰って温《あった》まんねぇと風邪ひくぞ」

商店街を避けて、ずんずん歩いて行った。

良太はうすのろだが、その母ちゃんはすごい。いい意味の「すごい」であって、淳之介の好きな大人のひとりだ。だから、良太のおばさんに言い訳を考える必要がないのはありがたい。

「あらら」おばさんの第一声だ。その後は何も聞かず、熱い風呂を用意しに行ってくれた。

ふたりで風呂に入ってから、良太のおじさんのスウェットスーツを借りてこたつでぬくぬく温まった。洗濯機を回したおばさんが、オレンジを切り分けた皿を持ってきてくれた。「さっ、もう落ち着いた？　そろそろどうしたことか教えて？」こたつに入りながら聞いた。

オレンジにかぶりついたはいいが、傷にしみて顔をしかめた。おばさんもオレンジを取って、促《うなが》すように淳之介を見た。良太はすでに二個目に手を伸ばしている。

「番長グループのふたりが、良太をおとりにおれを呼び出した」

「淳ちゃん、ケンカをふっかけられるような何かしたの？」

「ウン、二、三日前、あいつらのうちのひとりが野良犬をいじめていたからけっ飛ばしたけど、たぶんその恨《うら》みかな？」

その時は、ひとりだったせいか「なんだよ」とすごんだだけで行ってしまった。

「まぁ、逆恨《さかうら》みじゃないの。弱い者いじめしかできないような奴、断固《だんこ》やっつけちゃいなさいよ」と憤慨《ふんがい》した。

おばさんは「陰の動物愛護協会会長」を自称する、無類《むるい》の動物好きだ。植物や昆虫、爬虫類にさえ優しい言葉をかける。良太に言わせると、話しかけるのは生き物に限らないようだ。

「おばさん、今日ケンカの後土手で伸びていたら雪が降ってきたでしょ。その時ね、母さんの声が聞こえたんだ」その時の状況と、聞こえてきた言葉を説明した。

小三の冬休みに母の実家である新潟へ遊びに行った時、雪の降っている庭で教えてもらったきり忘れて、思い出すこともなかった。

「まぁ、ステキね。おばさんも空を飛んでみたいから試してみましょうよ」立ち上がって言う。

空を飛ぶわけじゃなくて、まっすぐ空に吸い込まれていく感覚であることを話した。

良太は最初、顔を斜めに上げて雪を上目づかいに見ていたので、淳之介が頭をかかえて雪に対して顔が垂直になるまで下げて支えてやった。

「あっ、あっ、ホントだ。ぼく、空に上がっている」うれしそうに叫んだ。

おばさんも「ワァー、ホントね」無邪気に喜んでいた。「でも首が疲れて長くは続かないわ」首をグルグル回して「うーっ寒い、さぁもう中に入りましょ」

三人は雪の庭から退散した。

良太は少しトロい。知能は小学校低学年ぐらいだろう。良太とは、家が近いせいもあって幼稚園からずっと一緒だ。小学の二、三年生までは、単に鈍いだけだと思っていた。

良太の家で遊んでいたある日、おばさんが改まって「この子は三歳の時の高熱が原因で、これ以上知能が上がることはないようです。そのせいでいじめられることもあると思いますが、淳之介さんどうかよろしくお願いします」

まるで大人を相手にするように、丁寧に三つ指をついて深々と頭を下げられた。

おばさんの偉いところは、世間でよく言う「バカな子ほどかわいい」式に、良太を甘やかしたりしていないところだ。

確かにドンくさくてイライラさせられることもあるが、良太は淳之介自身がとうに失ってしまった純真さやあどけなさ、素直さと同時に誰にも左右されない強い心を持っている。周りを見渡してもそんな友人はほかにいない。

中学生になってから、一緒に行動することは少なくなった。だが部活動をしていないふたりは、下校途中で会うことも多かった。

そんな時、たいてい良太の家に上がり込んで夕食をごちそうになったり、映画のビデオを見たりして遅くなるのが常だった。

良太の家を出る時「今日のケンカの仕返しは大丈夫かしら？」おばさんが心配した。

「あいつらは下っ端だけど、番長は意外と道理のわかる奴なんだよ」つい先日卒業した番長を思い出しながら、仕返しの心配はしていなかった。

番長とは中学生になってすぐ、町の本屋で偶然会った。もちろん、相手が自分の中学校の番長だなんて知るよしもない。

マンガのコーナーを抜けて文庫の棚に移ろうと歩いていたら、ちょうど後ろに一歩下がったそいつと肩がぶつかった。「痛《い》てぇな」肩をさすりながらじろっとにらまれた。どう見ても上級生だし、ぶつかったことは事実なので謝った。

「お前、どこの中学？　何年生だ？」

何度か会話のやりとりをしたあと、そいつが言った。「お前背もでかいし、なかなか骨あんな。一年坊主には見えねぇぞ」

別れ際「さっきオレに謝った時、卑屈《ひくつ》さを感じさせなかったのが気に入ったよ」と笑った。その笑顔と澄んだ瞳が印象的だった。

それから何日か後の全校集会の時、同じクラスの友人に「ほらっ、あいつが番長だよ」教えられたのが本屋でぶつかった奴で、以後何度か話もしている。

母の思い出とヘビ騒動

いつも以上に家に帰る気が失《う》せている自分を感じながら、重い足取りで帰宅した。

「おかえり、遅かったな。澄江《すみえ》さんが来ていたけど、さっき帰っちゃったよ」リビングから顔をのぞかせて父が言った。

やっぱりな。

「飯は良太んちで食ってきた」言い残して、自分の部屋に引き上げた。

春休み最後の日曜日、父親の女友だちの来訪を予感してわざと遅くなった気もする。

父から「澄江さんだよ」と紹介されてから何度か会ったが、すごく気詰《きづ》まりだった。

入退院を繰り返していた、病気がちの母が亡くなってちょうど三年経つ。その間の父は、住宅設計の仕事に没頭《ぼっとう》して毎夜遅く帰ってきた。必要に迫《せま》られた淳之介は、自分の夕食ぐらいは作れる。

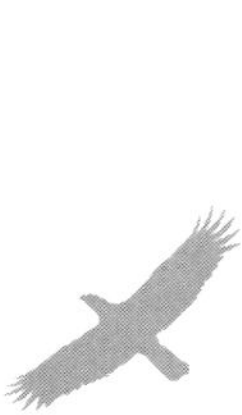

良太のおばさんが母に代わる人として大きく包んでくれたのも、淳之介にとって幸いした。

父の人生に干渉《かんしょう》するつもりはないが、自分がまだ数年は独立できる年齢じゃないのも承知している。

ベッドに横たわり、昼間聞いた母の声の記憶をたどった。

母は雪深い寒村に一軒しかない医者のひとり娘として、大事に育てられたという。大学生として上京して二年目に父と知り合い、卒業と同時に結婚した。

医者の娘なのに体が弱く、最初から子どもはあきらめた方がいいと注意されていたらしい。

父もそれを承知で結婚したので、淳之介を身ごもった時点で猛反対したという。それでも母が、どうしても「産みたい」と言いはったのだと聞かされたことがある。

自分の命の限界をある程度悟《さと》っていたせいか、母は限りなく優しかった。その分、父がしつけにも口を出したが、それも幼稚園ぐらいまでだった気がする。

四年生も間もなく終了する年の冬、父と淳之介が見守る中、母は病院のベッドで静かに息をひきとった。

「あなた、お先にごめんなさいね。淳ちゃん、さよならだけど悲しまないで。天国からいつも見守っているのを忘れないでね」母の最後の言葉だった。母が笑いながら言うので「ウン」と言った後、つられて笑った。

今にして思うのは、母の強さである。いくら覚悟していたにせよ、十歳の息子を残していく無念《むねん》さは計り知れないはずだ。

母の最後を思い出すたびに、泰然自若《たいぜんじじゃく》という四字熟語が浮かんでくる。もともとおっとりな性格もあるのだろうが、何事にも悠然《ゆうぜん》としていた。小学二年生の夏のエピソードで、子どもながらに感心したことがある。

良太ほか数名で、学校帰りに土手を回って道草しながら歩いていると、六年生のグループがヘビを振り回しながら通った。

「そのヘビどうするの?」良太が聞いた。

「これからこいつを解剖するんだけど、お前らも見るか?」

良太の返事は、目の前に差し出されたヘビをつかんで走り出すことだった。あっけにとられてしばし呆然《ぼうぜん》としていた六年生たちだったが、全員で良太を追いかけ始めた。

走りの遅い良太がすぐにつかまるのは目に見えたので、淳之介は急いで斜めに土手をかけ下りて怒鳴った。

「良太、こっちだ。降りてこい」良太からヘビを奪うと、思いっきり走って川の縁に逃がしてやった。ヘビはすんでのところで解剖を逃れ、川を泳いで行った。

そこにどやどや追いついてきたひとりが、息をきらしながら殴《なぐ》りかかってきたのをひょいとかわした。しかし、次の攻撃はかわせず、顔にパンチをもらった。頭をかかえてしゃがみ込んだ良太も、ボコボコ殴られていた。

「ちょっと待て」ひとりの六年生の一言で、その場が静まった。「なんでヘビを逃がしたんだ？」

「だって、解剖って殺しちゃうことでしょ？」良太がべそをかきながら答えた。

「まあな、解剖したら死んじゃうにきまってんだろ」

「殺しちゃかわいそうだから逃がしてやった」

「殺す殺すって言うな。ぼくたちは勉強のために、解剖しようとしていただけだぞ」

「でも、人間の勝手で生き物を殺すのはよくないよ」そんな時の良太はがぜん強くなる。

良太にきっぱり言いきられると「それもそうだな」と思う上級生も多く、みんな根はいい子なのである。

「でもな、ぼくたち長いヘビのお腹の中がどんなふうか見たかったんだよな」口々に言いながらも、ヘビのことはあきらめてくれた。

そこで良太が言った。「ぼくんちの動物の百科事典に、ヘビの解剖図があるよ。見る？」

ぞろぞろ歩いて良太の家に向かった。淳之介は痛みを隠して、先ほど逃がしたヘビを話題にした。「さっきね、ヘビが川を泳ぎ始めてすぐ途中で振り返ったんだよ。『ありがとう』って言われたような気がした」

「へぇー、お前ヘビ語がわかるのかよ？」

「そんな気がしただけ。ヘビがお礼を言ったんだとすれば、おれじゃなくて良太にだよ」良太はニコニコしながら聞いていた。

良太の部屋に全員で入ったら、おしくらまんじゅうの時のようにぎゅうぎゅう詰めになった。

良太が書棚の中から図鑑を一冊取りだして、ベッドに上がって開いた。愛蔵書なので、目次を見なくてもヘビのページがわかる。

みんなベッドの周りに並んで頭だけ突きだした。

ヘビの種類を写真つきで解説した次のページに、解剖図が載っていた。中央あたりに心臓があり、赤いのが肺、その後ろに肝臓がある。ヘビの腸類はさすがに長い。

みんな納得したあとは、それぞれすきなマンガを読んだ。良太の部屋には、テレビもゲーム機もない。

部屋の一画に置いてある生き物を、めずらしそうにながめている六年生もいる。金魚、クワガタ、かたつむり、かいこの飼育箱もある。それらを見て、ヘビに対する態度も理解できたようである。

おばさん手作りのスィートポテトを食べ、ジュースを飲んでそれぞれ自宅に散っていった。淳之介だけが残って、その日の事件をおばさんに語ってやった。良太がいかに勇敢《ゆうかん》だったか強調した話を、おばさんは真剣に聞いていた。

「そう、偉かったね。ヘビさんは絶対ふたりにお礼を言ったのよ」と、良太の頭をなでた。「痛《いた》っ」良太は頭をぶたれていたから、こぶができているのかもしれない。

「淳ちゃん、顔を冷やす氷持ってこようか？」と言うおばさんに「大丈夫」と断りながら「おじゃましました」とあいさつをした。その当時はまだ母がいたので、夕ご飯をごちそうになることも少なかった。

家に帰って、母にもその日の出来事を話して聞かせた。氷をタオルに包んで渡しながら、母も楽しそうに聞いていた。

「ヘビさんは良《りょう》ちゃんと淳ちゃんのおかげで命拾いできてよかったこと」ところが、その後「淳ちゃん、お友だちに殴られるなんていい経験したわね。小《ち》っちゃいころ、お父さんに殴られたことあるだけでしょ？」と笑っている。

その言葉を聞いた時は、自分の耳を疑った。子どもが殴られて痛い思いをしているのに、いい経験はないだろうと思ったのだ。

「自分たちが見つけたものを、いきなり取られたら怒るのもしょうがないでしょ。理由を聞いてわかってくれたし、お友だちにもなれたんだもの、殴られたぐらい安いものよ」

母にそう言われ、今度は自分が「それもそうだ」と感心した。

あれから二年半後に母は亡くなった。それまでの母は、優しくおおらかに包み込んでくれたが、決して過保護ではなかった。自分がいなくなっても、息子が自立していけるように育ててくれていたのだと思う。

淳之介に対する接し方のすべてがそれを物語っていて、感謝の気持ちと同時に賢い母を尊敬する気持ちが、初めて湧《わ》いてきた。

そんな母の思い出と、良太のおばさんの存在感で充分満足している現状を考えると、澄江さんには申し訳ないが代役はいらないのである。

徒歩旅行のきっかけと出発

　淳之介は、昨年の大河ドラマ『龍馬伝』にはまった。その影響で今、司馬遼太郎の『竜馬がゆく』を読んでいる。本格的な歴史小説はそれが初めてといっていい。もう少しで八巻の全巻を読み終える。以来、すっかり坂本龍馬に魅せられている。

　幕末から明治維新にかけて、日本の歴史を司《つかさど》ってきた傑物《けつぶつ》の多くも知るきっかけとなった。あの当時は、当然のことながら交通手段は徒歩しかない。ほかに籠《かご》や馬、船もあるが一般庶民には縁遠い。

　龍馬は、日本の新未来を創るため、保守的な土佐と自分の過去を捨て、脱藩《だっぱん》という大罪まで犯したのである。どんな遠方へ行くにも徒歩というのは、淳之介にとってそれだけでも偉業《いぎょう》に思えた。

　何事もスピード時代の現代向きではないが、学生のうちならそんな旅も可能である

ことを考えた。そう思うと、どうしても決行したくなった。

「よしっ、今年の夏休みこそ最大のチャンスだ」声に出してつぶやいていた。

淳之介の頭に浮かんだ行き先である母の実家は、新潟でも群馬県寄りである。中学生の冒険徒歩旅行としては、遠からず近からずの距離かもしれない。気ままなひとり旅なら行き当たりばったりの無計画もいいが、良太ははずせないだろう。

なぜかといえば、以前良太のおばさんの実家である茨城へ、カイコのエサであるクワの葉をふたりで取りに行ったことがある。そのとき、いつか淳之介の母の実家へ行こうと約束したのだ。

淳之介の趣味は、写真である。自然の中での動物や昆虫、植物などの営みをカメラにおさめることに喜びを感じている。たまには人物も撮るが、邪気《じゃき》のない子どもかシワが生きてきた年輪を思わせる老人ばかりだ。

去年の夏休み、父に手伝ってもらって自分の部屋の押入を暗室に改造した。

まだ漠然《ばくぜん》とであるが、将来は動物カメラマンになりたいと思っている。そのためには根気も必要だし、ひらめきと感性を磨かなくちゃいけないと父に言われている。

何が起こるか、どんなことに遭遇《そうぐう》するかもわからない徒歩旅行は「根気とひらめきと感性」を磨く、手っ取り早い訓練になる気がした。

夏休みまでの期間に、徒歩旅行の計画を立てていくとして、とりあえず「竜馬」を読み切ってしまおうと思った時は、とうに十二時を回っていた。

良太に話すと「やったー」と大喜びして飛びはね、おじさんもおばさんも賛成してくれた。ただ、良太が歩くことに耐えられるかどうかを懸念《けねん》した。

それは淳之介にしても同様で、急ぐ必要のない旅だということと、社会勉強にはもってこいの経験になるだろうということで落ち着いた。

淳之介が部活動の入部を断っている理由は、長期休暇の自由を束縛《そくばく》されたくないためである。

新潟行きのルートは、群馬県の沼田まで国道十七号線をメインに歩き、尾瀬沼の散策と至仏山《しぶつざん》、燧ケ岳《ひうちがたけ》の登山もコースに入れた。尾瀬から新潟の奥只見《おくただみ》ダムへ抜ける、開けた山道ができているらしい。どのコースをとるかは、臨機応変《りんきおうへん》でいこう。

現金はあまり持たず、どんな片田舎にもある郵便局の貯金通帳と印鑑を別々に分けて持っていくことにする。

歩いて行くことが目的なので、荷物も必要最小限に抑えないと続かない。衣類はTシャツ三枚と短パンのほかに長ズボン、長袖シャツ一枚、下着とくつ下に海パンと雨《あま》合羽《がっぱ》を詰め、そのつど洗濯しながら使っていこうと決めた。おばさんのアドバイスで、念のため保険証のコピーも持っていくことにする。

出発は七月二十三日の早朝六時と決め、それまでの健康管理と脚力《きゃくりょく》強化のために、毎日夕方の二時間は土手を早歩きすることにした。

いよいよ出発の朝を迎えた。父にあいさつして「気をつけて行ってこい」という声を背に、良太の家に向かった。

この旅のために、父が携帯電話を買ってくれた。お互いに何事もない限り、現代の便利品の代表である携帯電話は使わないことに決めて、両家と新潟の祖父に番号を控えてもらった。

良太はすでに玄関を出て待っていた。前日、良太とふたりで相談して床屋に行き、そろって坊主刈りにしてきた。

良太の刈りたての青々した頭に朝日が降り注ぎ、まぶしそうに目をしばたいていた。おじさん、おばさん、弟の周平《しゅうへい》もおばあちゃんも一緒に見送ってくれた。淳之介たちの住んでいる町は、荒川区の隅田川近くである。そこから、北区を抜けて埼玉県の戸田から大宮方面を目指して歩き始めた。

「最初から無理をして続かなくなったらおしまいだから、疲れたらちゃんと言えよ」

良太に念を押した。

のんびりと寄り道をしながら行くつもりでいるので、今日一日でどのぐらい歩けるものか見当もつかなかった。

朝からギラギラした日差しの中を二時間歩き、途中のコンビニで用を足した。水分補給は重要だが、予算も限られているので麦茶を持参してきた。ぬるくなるのを覚悟して、ペットボトルをデイバッグのわきポケットに備えてある。公共施設が目についた時は、そのつど水を補充するつもりでいる。

今日のお昼は、良太のおばさんがおにぎりを作ってくれた。道路近くの公園の木陰でお昼にした。

「味気ないだろうけど、真夏だから悪くなっちゃうと思って梅干しだけにしたわよ」出発前に渡された。赤ジソをたっぷり入れたおばさん特製の梅干しを、シソと一緒にきざんでご飯にまぶしたおにぎりは大好物だ。五個ずつ入っていた。

「一度に全部食ったら歩きづらくなるから、今は三個にしておこうぜ」三個目のおにぎりにかぶりついた良太に言った。ちょっと残念そうながら、残りをバッグにしまった。

淳之介は地図を開いて確認し、ふたりとも木陰のベンチでしばし横になって休憩した。

時計が二時を回ったので、また歩行を開始した。途中で残りのおにぎりを食べ、夕方には浦和駅近くに着いていた。ふたりとも汗だくだが、まだまだ元気いっぱいだ。安く泊まれる場所を探していたら、健康ランドの看板が目についた。今は全国的に広がっている施設だから、あちこちで見かけるだろう。なにもない田舎までは、この手でいこう。お風呂に入り放題で、食事も宿泊もできるし安い。

「淳ちゃん、いいとこ見つかったね」良太はうれしそうだ。何種類もある風呂のはしごをして、ラーメンを食べた後ふたりとも早々に眠り込んだ。

次の朝は、暑くなる前に出発しようと早起きした。五時には健康ランドを後にして、大宮を目指していた。

大きな都市の国道十七号線は車通りも多く、高架《こうか》になっている部分も多い。大きくはずれないように注意しながら、別の道を行くことにした。

三十分も歩くと、辺りにはまだ畑が結構残っていて、朝の光の中でおじいさんが菜っぱを採《と》っていた。

「おはようございます。それは何ですか?」良太は、見知らぬ人にも平気で声をかける癖《くせ》がある。顔を上げたおじいさんが「これか? 小松菜だよ。こんな早くからどこへ行くんだい?」と聞いてきた。

「これから新潟まで歩いて行くの」

良太の答えに、おじいさんは目を白黒させて驚いた。

良太が、昨日の出発からの話をする。

「朝ご飯がまだなんだな? うちはすぐそこだから、朝飯食っていけよ。みそ汁用に採りにきたところだ」と菜っぱを上げて見せた。

良太が期待するような目で、淳之介を見上げた。

「子どもは遠慮しちゃいかん。どうせうちにゃばあさんしかいないよ」

おばあさんは「若い人の口には合わないでしょうが」と言いながら、焼き魚とおしんこ、小松菜のみそ汁を出してくれた。食べながら、何で徒歩旅行なんてする気になったという質問に、「竜馬」の話を持ち出した。

「おう、それはおれも読んだ。若いのにすごいことを思いついたな」しきりに感心していたが、おばあさんに向かって言った。「昼用のおにぎり作ってやれ。暑い中持ち歩くんだから梅干しがいいぞ」

おばあさんは「はい、そうしましょうね」と立ち上がった。

おにぎりの包みを受け取って、「すっかりお世話になりました」良太のあいさつはいつだって大人じみている。淳之介も「ありがとうございました」深々と頭を下げた。

見送ってくれたふたりが見えなくなると、良太が言った。「親切な人たちだったたね。朝ご飯とお昼ご飯代、もうかっちゃったし」

「でも、いつもそんなわけにはいかないぞ」

その日は、国道十七号線沿いの北本市《きたもと》で泊まった。

三日目の朝、歩いているとトラックの運転手から「兄ちゃんたち、どこまで行くんだ？　途中まで乗っていくか？」二度ほど声をかけられた。良太の乗りたそうな眼差《まなざ》しを感じたが、お礼を言って丁重《ていちょう》に断った。

四日目は朝から曇っていたが、お昼過ぎにパラパラと雨が降ってきた。一時的にコンビニで雨宿りをしたが、三十分も降らずに上がった。

幸いにしてたいした雨に降られることなくここまで来たが、日差しは強くふたりとも健康そうに日焼けしている。

春頃までちょっと太り気味だった良太も、土手での練習の甲斐《かい》あってスリムになってきた。

春休みの終わりから夏休みに入るまでの約四ヶ月、雨の日以外はほぼ毎日歩いた。予行演習の四ヶ月間には、おもしろいエピソードがいくつかあった。

ある土曜日の夕方、淳之介の都合で練習できなかったので、日曜日の早朝に歩いた。

良太と並んで歩く先に、男の人が大の字に横たわっている。ドキッとして、ふたりとも足が止まった。

死体のようにしか見えなかったので、恐る恐る近づいた。顔をのぞくと、まだ若いお兄さんだ。

良太と顔を見合わせて、救急車を呼んだ方がいいだろうかと小声で相談していた。いきなり「グゴーッ」という音が轟《とどろ》いて、ふたりとも顔面蒼白《そうはく》のまま「ワッ」と飛び退《の》いた。いびきだとわかるまで一瞬の間があった。

その声で目を覚ましたのか、はだけたシャツからのぞくお腹をかきながら、眠そうな声で「なんだ？　ここは、どこだ？」と聞く。

友だちと飲んだ後、酔いを醒《さ》まそうと土手に登り、そのまま眠ってしまったらしい。「脅《おど》かしてごめんよ」謝ったお兄さんは、あたふたと土手を駆け下りて行った。

ある時は、散歩中の犬のケンカに立ち合ったり、捜索願いの出ている人を捜しているというお巡りさんに、写真を見せられて質問されたこともあった。

パラグライダー体験

当初は沼田から尾瀬に回る予定だったが、父の友人が月夜野《つきよの》でパラグライダースクールの校長をやっている話を思い出して、地図をチェックした。

十七号線沿いに、沼田の次が月夜野で隣り合わせだ。先にパラグライダーの体験をして、その先の水上《みなかみ》から尾瀬ヶ原に向かうことに決めた。出発から五日目のことである。

淳之介の「空」への憧《あこが》れは、小さい頃から人一倍強かった。人間の生まれ変わり説を信じているわけではないが、自分の前世は「鳥」だったんじゃないかと思うほどだ。

良太に話すと「ぼくにもできるの？」ちょっと不安そうだが、やってみたいと言う。

「ヨシッ、決まった」

近くのコンビニで、パラグライダースクールの場所を聞いて行ってみた。

「おう、村上の息子さんか。親父は元気か？」ゲレンデから呼び出されて事務所に入ってきたおじさんは、小熊のような笑顔で迎えてくれた。小倉《おぐら》だと自己紹介され、あいさつの後パラグライダーの体験をしてみたいと伝えた。

今日の受付には遅いから、明日の九時に出直してくるように言われた。どこに泊まる予定なんだと聞かれたので、徒歩旅行のことを話したら、うちは五百円で泊まれるぞと教えてくれた。

男ふたりだから、どんなところでも安いにこしたことはない。工事現場で見かけるようなスーパーハウスに荷物を入れ、夕方まで裏のゲレンデで見学することにした。日曜日のせいか、ゲレンデは指導を受ける体験の人たちで混雑していた。空を見上げると、色とりどりのグライダーが山の上を何機も旋回《せんかい》している。

上昇気流に乗れば、ああして何時間でも旋回していられると聞いて驚いた。

通常の体験は、ゲレンデでグライダーの立ち上げ練習を三日～四日繰り返して、その後山からの飛行ができるのだという。

小倉さんは校長先生らしく、次々と山から飛び出すスクール生に、無線機で指示を与えていた。

その合間に、淳之介たちを振り返って声をかけてくれた。「ゲレンデだけじゃつまんないだろ？　明日の午後にはタンデム機で飛んでみるか？　気持ちいいぞ。風の状態にもよるけどな」

タンデムとはふたり乗りのグライダーで、資格を持っているインストラクターと一緒なら初めてでも山から飛べるのだと言う。淳之介も良太も、ふたつ返事でお願いした。

その夜は、小倉さんが奥さんの手料理に招待してくれた。夕食の席で、旅の経過や龍馬の話をして楽しく過ごした。

小倉さんは、奥さんが台所に立ったすきに「村上はいい息子をもって幸せだな」と、つぶやいた。結婚して十年も経つけど子どもがいないと説明する声が、少し寂しそうだった。

次の朝、渡された申込用紙に記入してから、倉庫で装備一式を借りた。淳之介たちのほかに、やっぱり初めて体験するというカップルがいた。体験してみて、続けたい人が入校するシステムになっている。

なだらかなゲレンデの途中に集まって、準備運動をした。若いインストラクターが、ふたりで指導に当たってくれた。

まずはハーネスを装着した。空中に浮いた時イスのように座れ、エアバッグの役目も果たしてくれる。それからキャノピーを扇形《おうぎがた》に広げ、たくさんあるラインが絡まっていないかをチェックする。命にかかわることなので、重要なポイントだと言われた。

ハーネスには、カラビナという金具がついている。そこに、ラインを集合させたライザーをつける。広げたキャノピーの正面に立ち、向かい風を待つ。

風の向きは、ところどころに設置してある吹き流しで確認するのだが、初心者にはインストラクターがついて指示してくれる。

「今のところいい風が吹いているから、ばんざいしたままがんばって走ってね。さぁ、行くよ」インストラクターも一緒に走って、背中をグッと押してくれた。体験者には、最初に飛ぶ楽しさを知ってもらうことが大事なので一生懸命だ。

少し浮いた。「ゆっくり両手を肩まで下げて。ハイ、一気に両手お尻まで」後ろから声だけの指示が飛ぶ。手をお尻まで下げるとブレーキがかかり、キャノピーが後ろにバサリと落ちた。ライン全部を合わせてたぐり、キャノピーをかついで元の場所まで戻る。

「うまいねぇ、なかなかいい走りだよ」インストラクターのお兄さんがほめる。初心者に、ほめ言葉は欠かせないのだろう。

ゲレンデ中腹からの練習を三回ほどやってから、左右の腕の下げ具合で旋回する方法を教えてもらって試してみた。

次のステップはゲレンデの上からの練習で、初心者四人がトラックの荷台に乗り込んで運んでもらった。

百メートルほど続くスロープ、下との高度差は四十メートルぐらいらしい。順番に準備をし「よし、走って」の声を合図に走り出す。

一緒にかけ下りるインストラクターに、背中を思いきり押された時点でふわっと浮き、風を受けて五、六メートル上昇しながら飛んだ。爽快《そうかい》な気分だ。

お昼にレトルトのカレーを食べながら、フライト歴六年だというおじさんを、質問攻めにして笑われた。

いよいよ山に上がって、タンデム飛行の瞬間が近づいてきた。荷物入れと十二人乗りの車両に分かれたトロッコはクライマーと呼ばれ、三百メートルほどの山のテイクオフまで運んでくれる。チケット一回分は五百円だが、小倉さんが受け取ってくれなかった。

テイクオフからのながめは最高で、「風の谷のナウシカ」のように飛べることを考えると心が躍《おど》った。

良太から飛ぶことになった。良太が前側でその後ろに小倉さんが立ち、いい風を待つ。「よーし、走るぞ」言いながら、ちょっと走っただけで飛んだ。もっともテイクオフの下は、木におおわれた崖になっているので、ゲレンデのように長い助走距離はとれない。

向かい風さえ受ければ、さほどの技術がなくても飛べるのだそうだ。テイクオフにも、専属のインストラクターがいる。

もうひとつのタンデム機が広げられ、大内《おおうち》さんというインストラクターに呼ばれた。

ちょっとドキドキしながら指示を受けた。

飛んだ瞬間「ワォーッ」と叫んでいた。風の音がゴーゴーと耳を打つ。

「どうだ？　最高だろ？」風の音に負けないように大内さんが怒鳴った。

「もうサイコー。気持ちいいっす」淳之介も負けずに大声を上げた。

「あの雲の下にサーマル（上昇気流）があるから行くぞ」と言うと左に旋回していた。

大内さんの高度計がピーピー鳴ったとたん、グッと引っ張り上げられる感じがした。

大内さんが小さめの三六〇度旋回をすると、どんどん高度が上がった。

テイクオフの山を見下ろし、視線を転ずると遠くの町並みがパッチワークのようだ。

徐々に高度が下がってきた時は、降りてしまうのが残念でしょうがなかった。

さすがベテランインストラクター、規定の場所に着地したあと走ってスピードダウン。周りにいた人たちの拍手喝采《かっさい》を受けた。二十分も飛んでいたというが、あっという間だった気がする。

大内さんにお礼を言って、キャノピーの収納を手伝った。高揚感と同時に心地よい疲れを感じて、良太の座っているベンチの隣に腰かけた。

「すごかったよ。本当にナウシカのメーベに乗ったみたいだったね」良太も同じ気分を味わったようだ。まだ興奮冷めやらぬ良太は、口がうまく回っていなかった。

その夕方「淳之介君と良太君のこれからの旅を励ます会と、お別れ会をやろうよ」と言い出したのは大内さんだった。インストラクター三名と、小倉さん、淳之介に質問攻めされた増渕《ますぶち》さんも参加することになって、中華料理店に連れていってもらった。

大人はビール、淳之介たちはコーラで乾杯した。「しばらく栄養価の高いもの食えないんだから、今日はいっぱい食っとけよ」小倉さんが言う。

淳之介たちの、徒歩旅行の続きに話題が移った。どのコースで行くのがいいか、にぎやかな意見が飛び交った。小倉さんが「おいおい、行くのはこの子たちなんだぞ」その話題を淳之介に引き渡した。

「いろんな意見をありがとうございます。やっぱり、尾瀬を経由して奥只見《おくただみ》へ抜けるコースにしようと思います」

「じゃあ気をつけてな」「へたばるなよ」口々の激励を受けて散会した。その晩は、もう一泊施設を利用させてもらった。洗濯機を借りて、溜まった洗濯も片づけた。

翌朝、小倉さんにあいさつして料金の精算をお願いした。

「自分のこづかいだけの旅行なんだろ。そんないじましい旅をしている中学生からもらえねぇよ」と言われても、料金表を見たらタンデム飛行だけでも八千円と書いてある。こっちから申し込んだのだから、それではあまりにも図々《ずうずう》しい。気持ちとして、せめて宿泊代だけでもと千円ずつ受け取ってもらった。

「本当にいい経験をさせてもらって、ありがとうございました」

淳之介のお礼を補《おぎな》うように、良太が続けた。

「奥さんにもよろしくお伝えください」

「おぅ、気をつけて行くんだぞ。村上によろしくな」手を振って別れた。

朝が早いので、ほかのスタッフはまだ誰も来ていない。

テイガとコウジ

出発から七日目の今日は曇りだが、明日から天候がくずれるらしい。昨日の夜地図を調べたら、月夜野《つきよの》町から水上《みなかみ》までは利根川《とねがわ》沿いに走る県道を行く方が近い。水上《みなかみ》で一泊してから尾瀬に向かうつもりだが、雨が降り続くようなら様子をみたほうがいいだろう。今日の行程は短いので、川遊びでもしながらゆっくり行くことにする。

わき道にそれて、舗装されていない畑の中の小道を行く。県道から一歩それると、路肩《ろかた》に春のなごりの可憐《かれん》な花が咲いている。良太は植物にも見識が広い。淳之介はカメラを取り出して、夜空からこぼれ落ちた青い星くずのようなオオイヌノフグリを写した。

水上《みなかみ》まではすぐだから、ちょっと温泉街をぶらぶらして、お昼前には尾瀬へ向けて出発しようと話し合っていた。淳之介は、立ち止まって辺りの景色を見回した。遠い山並みまで入れると、四方を山に囲まれている土地だ。真っ白なちぎれ雲がところどころに浮かんで、空の青さを強調している。

良太も回りを見渡し、しばしの沈黙の後に言った。

「淳ちゃん、山っていいね」

淳之介は、良太の一言に、さまざまな感情がこもっているのがわかった。

水上《みなかみ》はすぐそこってところで、どこからともなく小犬がふたりにすり寄ってきた。

良太が「かわいい」と言いながら、抱き上げた。野良犬らしく、首輪がなかった。柴犬に似たうす茶で、ピンと立った耳が大きい。つぶらな黒い瞳がなんとも愛くるしくて、しばらく休憩を兼ねて小犬と遊んだ。

「良太、もう行くぞ」「ウン」返事をしながらも動かない。歩き出してからも何度となく振り返り、とうとう後ろ向きで歩く始末だ。小犬はしっぽを振り振り、ふたりの後ろをトコトコついてくる。

「淳ちゃん、この子連れて行っちゃだめ？」

「気持ちはわかるけど、エサとか泊まる時なんかどうするんだよ。それに、まだ小《ち》っちゃいからずっとは歩けないんじゃないか？」

「その時は、ぼくが抱っこするよ。泊まる時だって何とかなるよ」

「車にひかれちゃうぞ」

「ぼく、首輪と散歩ヒモ買うよ。いいでしょ？　エサだってぼくのを分けてあげるよ。この子、きっと淳ちゃんをなごませてくれるよ」

「なごむのはお前だろ？」言いながらも、まったく良太にはかなわねぇやと許した。

「名前つけてあげなくちゃ、淳ちゃん何がいい？」

「良太がつけな」ニコニコしながら、実はもう決めているんだと言う。

「ティガ。ウルトラマン・ティガのティガ」良太はウルトラマンシリーズの大ファンなのだ。

「女の子かもしんねぇぞ」

「どっちでもいいもん。なぁティガ？」愛《いと》おしそうにティガを抱っこする良太を、カメラにおさめた。

良太の家には、すでに二匹の犬がいる。タローとセブンだ。どちらも捨てられているのを、山崎家の動物好きに救われた犬たちである。猫は周平が拾ってきた。風邪気味だったのか、鼻水をたらしていたらしい。早く風邪が治るように「ルル」と名付けたのは、おばさんだった。

ホームセンターを探して、小犬用のエサと水入れの器も一緒に買った。良太にはティガを抱かせて、駐車場で待たせておいた。お腹をすかせているだろうから、ティガのご飯を優先した。

こんな田舎の温泉街でも、大通りにはコンビニがある。ティガを駐車場にあったポストのポールにつなぎ、涼みがてらお昼ご飯とお茶でも買おうと入っていった。雑誌のコーナーを物色《ぶっしょく》しながら、良太の支払いが終わるのを待っていた。突然、バタバタという足音と怒鳴り声が聞こえた。

「こらっ、このクソガキ、またお前か」

振り返って見ると、まだ小学三、四年生の男の子が、高校生らしいアルバイトの店員に襟首《えりくび》を捕まえられていた。

店内にいた数名が、何事？　というように棚から顔をのぞかせている。店員は「すみません。こいつ、万引きの常習犯なんです」お客に説明した。

ほかに店員のいる様子はなく、小学生はレジのわきに引っ張っていかれた。片手でその子の腕をつかみ、片手でレジを打っている。

良太の番がきて「何を盗《と》ったの？」と聞いている声がする。「菓子パン三個」店員は、答えながらレジを打つ。今度は小学生を見て「お腹すいてんの？」と聞いたが返事がない。

渡されたおつりの小銭を、良太がカウンターに落とした。その一枚が、店員のそばの床に転がった。その一瞬のスキをついて、小学生はつかまれていた腕を振りほどいて逃げた。店員は、レジを離れるわけにもいかず「クソッ」小声で悪態《あくたい》をついたが、あきらめるしかなかった。

良太が淳之介の方を見て、ニカーッと笑った。もう一度店内の奥に向かった良太は、菓子パンを数個とジュースのペットボトルをつかんで、またレジに戻った。

ポストの下で、おとなしく待つティガのところへ急いだ。ティガは、ふたりを見てちぎれそうにしっぽを振っている。

駐車場を出ながら「どうしよう、淳ちゃん。ぼくパン買いすぎちゃった」必要以上に大きな声で言う。トラックの荷台の陰から、先ほどの小学生の顔がのぞく。

「パン買いすぎちゃったんだけど、君食べる?」その子はふてくされた顔のまま、だまって手を出した。

「ここじゃダメだよ。バイトのお兄ちゃんが、追っかけてくるかもしれないでしょ?一緒においで」

ティガは、ヒモの届く範囲をあっちへこっちへとかけ回る。その度に良太と淳之介の顔を見上げて、自分の喜びをどうやってふたりに伝えようかと、四苦八苦しているように見えた。

「ティガ、お前の顔がちゃんと笑って見えるから大丈夫だよ」淳之介の言葉がわかったかのように、ジャンプしながら一回転した。

後ろでクスクス笑う声がした。「この子ね、さっきぼくたちの仲間になったんだよ」良太が振り返って言う。相変わらず返事はないが、警戒心は薄れたようだ。

良太は、小さい子どもたちに大人気だ。中学生になった今でも、公園や土手で一緒に遊んでいるらしい。遊びたいのに仲間に入れず、遠巻きに見ているはにかみやの子どもはどこにでもいる。そこに良太が入ると、いつの間にか全員が一緒に遊び、声を立てて笑っているのだ。

万引き少年のことは良太にまかせる気でいた。良太が知恵をしぼって、逃がした少年を引っ張り出したことはみえみえだった。

水上駅《みなかみえき》の周辺はお店が立ち並んでいる。坂道を上って、見晴らしのいいところでお昼を食べることにした。ホテルの庭を囲む石垣の終わりに、一本の巨木が涼しそうな木陰を作っていた。三人と一匹がその座を占めた。先ほど買ったおにぎりやパン、お茶やジュースを並べた。

「どれでも好きなもの食べな」良太の言葉が終わらないうちに、少年の手が伸びた。まずは、おにぎりにパクついた。文字どおり、ガツガツしている。

「ボクは何年生?」良太が聞いた。

「ボクじゃないや」

「へぇー、じゃあなんて名前?」

「コウジ、六年生」

「そっか、六年生なんだ……」後の言葉をにごした良太の気持ちは、よくわかった。

小柄なコウジは、六年生に見えない。ただ、いつもこんな空腹状態なんだとすれば、それもわかる食いっぷりだ。いったいコウジの親は、どういうつもりなんだろう。

ティガも水をもらい、うまそうにピチャピチャ飲んでいる。「お前はさっきご飯食べたから、今は水だけだよ。また夕方あげるから」耳の後ろをかいてあげながら良太が言う。

高台から見下ろす町は、強い日差しにゆらゆらかげろうが立っていた。みんな満腹になった。「コウジの家はどこ?」

良太の質問に、コウジはだまって指をさした。どうやら、町からはずれた農村地帯の方角だ。コウジが急にうなだれて、シュンとしたので驚いた。

「どうした?」淳之介が聞くと、小さな声で「じいちゃんが病気だから、パンを食べさせてあげようと思ったのに、みんな食っちゃった」きかん坊らしい顔が、泣きそうになっている。

「じいちゃんが病気？　風邪ひいたの？」病気といえば、風邪ぐらいしか思い浮かばない良太だ。

「ウウン、死にそうな病気。ぼく、行かなくちゃ」

「ちょっと待てよ。父ちゃんや母ちゃんは？」淳之介が聞いた。

「いない。ぼく、じいちゃんとこへ帰る」

コウジの返事に、良太と顔を見合わせた淳之介がうなずく。「一緒に行くから、ここ片づけるまで待ってて」

急いでゴミをまとめ、荷物を背負って石垣から降りた。

「コウジは、じいちゃんとふたりで暮らしているの？」

「ウン」

「病気のじいちゃんでも食べられるおかゆを、さっきのコンビニで買ってから行こう」のんびりと上って来た坂を、急ぎ足で駆け下りた。レジから死角になる駐車場に、ティガとコウジを待たせた。ゴミを捨てた後、コンビニに入って行った。お湯を入れるだけでできるおかゆを二個と、コウジの夕ご飯用におにぎりを三個買った。

じいちゃんの死

コウジの案内で、急ぎ足のまま三十分以上も歩いた。ティガは、良太が途中から抱いて行った。

「ここだよ」コウジが指した家は、二階建てで頑丈《がんじょう》そうだが、おせじにもきれいとは言いがたい。庭は車の出入りもないらしく、草ぼうぼうだった。

舗装道路から、草におおわれた庭を通って玄関に入った。物のすえたような、名状しがたい強烈な臭《にお》いがした。長わずらいの病人特有の、すっぱいような臭いとゴミの臭いが混じり合っている。奥の座敷で、ふとんにくるまって寝ているのがおじいさんだろう。

おじいさんの回りだけ比較的きれいだが、あとはどこも物が散らかり放題だ。ゴミなのかどうかも判別できないほどで、足を踏み出すのにも躊躇《ちゅうちょ》する。

「じいちゃん」コウジの呼びかけに、相手はかすかに反応した。

「じいちゃん、今おかゆあげるから。ちょっと待ってて」

おじいさんは薄目を開けて、コウジを認めたようだ。

「コウジ、お湯のポットあるの？」おかゆのセロファンを破きながら、良太が問いかけた。

「壊れちゃってるんだ。やかんで沸かすよ」コウジは台所に行った。

「少しでいいぞ」淳之介は呼びかけてから、あふれている物を足でどけた。

多めにお湯を入れたおかゆが冷めるのを待つ間、コウジにゴミ用のポリ袋を持ってこさせた。はっきりゴミとわかるものだけ、三人でせっせと詰め込んだ。すぐにいっぱいになった。大きなゴミの袋が三つできた。

そろそろおかゆも冷めただろうと、おじいさんのそばに持っていって座った。

「じいちゃん、ほらおかゆだぞ」スプーンに少しとって、おじいさんの口に運んでやる。「ほら、食いな」三度目の呼びかけで、かすかに口を開いた。コウジは慣れた手つきで、少しずつ流し込んでやる。何度かくり返すうちに、おじいさんが目を開けてにっこりした。言葉にならないが、必死に何かを言おうとしている。「いいから、もっと食いな。じいちゃん、うまいか？」また少し流し込んでやる。コウジを見るおじいさんの目から、つーっと一筋の涙が伝ってまくらに吸い込まれていった。「ありがとう」声にならない言葉が、淳之介の耳に聞こえたような気がした。

「お医者さんに来てもらうか、救急車を呼んだ方がいいんじゃない？」

隣で良太がささやいた。

電話しようと受話器を取ったが、発信音がしない。たぶん料金が払えず、電話会社に止められたままなのだろう。

おじいさんと子どものふたり暮らしの家庭を、役所や民生委員が放《ほお》っておくだろうか。疑問を感じながら「おれ、隣の家に行って相談してくるよ」

隣の家は、玄関の引き戸を開けたままテレビの音が聞こえた。

「こんにちは」淳之介のあいさつに「ハーイ」と答える、女の人の声がした。玄関先に出てきたのは四十代のおばさんで、淳之介を「誰かしら」というように見た。

町で隣のコウジと知り合って、おじいさんが病気だと聞いたので一緒に来てみたことを説明した。「どうも重病らしいので、救急車を呼んだ方がいいようなんです。ちょっと一緒に来てもらっていいですか？　電話も通じないんです」

淳之介の声が聞こえたらしく、おじさんも出て来た。ふたりとも、隣のおじいさんの病気は初耳らしくびっくりしていた。「こっちが近道だから」庭のわきを抜けて、隣の敷地に入っていった。淳之介も急いでふたりの後を追った。

「コウちゃん、入るよ」声をかけて、玄関に入ったおじさんとおばさんは一瞬たじろいだ。悪臭とゴミの山なのだから無理もない。

おじいさんの様子を一目見て、コウジにつめ寄った。「じいちゃんは、いつから寝込んだんだ？　何でだまってたんだ？」おばさんの方を向いて「おめぇはうちへ行って、救急車を呼べ」

おじいさんが「どうも風邪ひいたらしい」とコウジに言って寝込んだのは、まだ六月の初めだと説明していた。淳之介たちは、さっきの続きのゴミ収集に戻った。

救急車が、けたたましいサイレンを鳴らして来た。おじいさんを担架《たんか》に乗せようと、ふとんをはいだ救急隊員が呻《うめ》いた。

裸のまま、ありったけのタオルをおむつの代わりにしていた。すさまじい臭いが立ちこめた。救急車から病院用の寝巻を持ってきて、羽織《はお》らせてから運んだ。おじさんとコウジを同乗させて、またサイレンとともに病院へ向かった。

おばさんはふとんを小さく丸め、しばって外に出した。そして、一緒にゴミを集めながらコウジの不幸を語った。

コウジの父親が三年前にガンで亡くなると、母親は遊び回って帰らない夜も度々あったこと。怒ったおじいさんが「出て行け」と言ったら、有り金と通帳を持ってコウジを残したままいなくなったという。その後の消息は、近所の誰も知らないらしい。

「でもね、おじいさんが頭の切れるしっかりした人で、コウちゃんはひねくれもせずによく畑の手伝いをしていたのよ」

「ぼくたち徒歩旅行の途中なんですけど、おじいさんのこと気になるから、ここにいてもいいですか?」良太の問いかけに、おばさんが答える。「優しいのね。その方が、コウちゃんも心強いでしょ。ホントに病気だなんて……一言声かけてくれればいいのに。ふたりっきりになってから、時々おかずやいただき物を届けていたんだけどね。

コウちゃん無口だから」

　コンビニで出会った時の様子を、淳之介が話した。

「まあ、それこそ水くさいじゃないの」おばさんは、目頭《めがしら》を押さえながら鼻をつまらせた。

　部屋はだいぶ片づいて、小さなゴミとほこりはおばさんがほうきを使った。おばさんの指示で、堅くしぼったぞうきんで畳をふいた。三人でやったので、すぐに終わった。

「さぁ、これでやっと座れるようになった。ご苦労様ね」

　二部屋とも窓を全開にしておいたので、臭いも気にならなくなった。

「ああ、のどが渇いた。あたし、ちょっとうちに行って飲物を取ってくるわね」言い置いて、おばさんは出て行った。

　きれいになった畳に、ふたりとも寝転んで休んだ。「おじいさんは大丈夫かな?」良太が、ひとり言のようにつぶやいた。経験の少ない淳之介の目から見ても、決して楽観できる状態じゃなさそうだ。

「コウジ、かわいそうだね」今度は、明らかに淳之介の返事を求めている。

「ウン」としか言えなかった。

物のない戦時中や、戦後間もなくなら「飢餓《きが》」は、多くの人が経験したことだろう。しかし、この飽食の現代においても、状況次第ではあり得る事実を知った。確かにめずらしい例で、自分の目で見なければ信じられない気もする。

「お茶菓子とカルピスを持ってきたわよ」おばさんが、お盆をテーブルに置いた。

「いただきまーす」ふたりとも、カルピスの一気飲みである。その飲みっぷりを笑って、おかわり用の麦茶をついでくれた。そろそろ四時になろうとしていた。

「コウちゃんは、病院に泊まることになるかもしれないわね。ダンナから電話が入ると思うし、うちで待つことにしましょうよ」

連絡方法は、向こうからの電話を待つしかないのだから、とりあえずおばさんの勧めに従った。戸締まりをして、ティガも連れて行く。

庭を抜けながらおばさんが言った。「うちにも中学生と高校生の男の子がいるけど、ふたりとも部活でいないのよ。さぁ、どうぞ上がってちょうだい」

「あたしは夕飯の準備をするけど、テレビでも見ていてね」おばさんの親切に、ここまでの旅の経過を思った。出会う人たちが、誰もかれも親切で優しい。

「淳ちゃん、明日から八月なんだね」

言われて初めて、日付を思い出した。こんな旅をしていると、日付や曜日の感覚がうすれてくる。出発から、明日でちょうど十日目だ。いろんなことがあったので、もう十日という気持ちとまだ十日の両方を感じる。

「明日は、至仏山《しぶつざん》の登山までいけるかな？　ぼくは、本物の水芭蕉《みずばしょう》を見たいんだ。でも時期を過ぎているから、きっともう咲いていないよね」

その時、静けさを破るように電話が鳴った。おばさんが走って来て、急いで取った。

「はい、もしもし……えっ？　そんな……」おばさんが、悲痛な顔で受話器を置いた。

「隣のじいちゃん、さっき亡くなったそうよ。確かまだ六十五歳ぐらいなのに……末期の胃ガンで、ほかにも転移《てんい》していたんですって」

「コウジ、ひとりぼっちになっちゃうの？」

「そうね、コウちゃんどうするのかしら。かわいそうに」おばさんの最後の言葉は、聞き取れないほど小さかった。

「あたしは、班長さんにお知らせしてくるわね。コウちゃんたち、もうすぐ帰って来るみたいだから、それから食事にしましょう」おばさんは、エプロンをはずして出かけて行った。

残されたふたりは、話もせずうつむくだけだった。コウジを引き取って、優しく育ててくれる親戚はあるのだろうか。たったひとりの肉親を、まだ小学生のコウジから奪ってしまうなんて、神様はいねぇのかよ。淳之介は、やり場のない怒りを感じていた。

「淳ちゃん、コウジをひとりにして明日出発するの？」良太の顔が、半分泣いている。

「コウジさぁ、ほんとは優しいいい子だよね。誰か友だちがそばにいてあげないとかわいそうだよ」淳之介が何も答えないものだから、良太がさかんにたたみかける。

自分たちだって、まだ子どもの部類だ。たとえ自分なりの考えや意見を持っていても、ほか人のことを決められる年齢ではない。

良太のことだから、コウジを旅の道連れにしかねない。ただ、良太の言うとおり、今のコウジを置いて明日出発というのは気がすすまない。

小学生ながら、世の理不尽《りふじん》さに精いっぱいつっぱって生きてきたのだろう。良太のおかげもあって、少し心を開きかかっているのを感じていた。かけがえのない肉親を失う辛さは、淳之介にも経験がある。

コウジを連れて、おじさんが戻って来た。「ご苦労様でした」おばさんが言葉をかけたのに合わせて、淳之介たちはお辞儀《じぎ》だけした。

おばさんが、居間のテーブルに準備するのを手伝った。

「コウちゃん、一緒に食べましょ。お腹すいてたら、じいちゃんのお通夜やってあげられないからね」

「いらない」コウジの返事はそれだけだった。

「コウちゃんはな、じいちゃんが死んだ時、食べたもんみーんな吐いちゃったんだよ。今はまだ、食えんかもしれんなぁ。ちっと待ってろ」淳之介にしても食欲はなかったが、せっかくおばさんが用意してくれたので無理に食べた。

食事の後、みんなでコウジの家に向かった。七時を回ったのに、まだ明るかった。

中に入った時、きれいになっている部屋を見て、おじさんが驚きの声を上げた。

「掃除しておいてよかったわね」おばさんが、淳之介たちにうなずいてみせた。

おばさんは、自分の家から持ってきたお茶道具の一式を置いて、お湯を沸かしに立った。淳之介たちも、聞きながら手伝った。

おじいさんの遺体を乗せた車のほか、もう一台の葬儀屋のバンが来て、テキパキと祭壇の飾りつけをした。近所の人たちも集まり、お通夜と葬式の段取りを決めた。

「明日は友引《ともびき》だで、葬式はできんぞ」近所のおじいさんが、カレンダーを見ながら言った。「準備が間に合わんから、ちょうどいいや」隣のおじさんが答えた。

明日の夕方六時からお通夜で、告別式は明後日ということになった。

おじさんは、コウジにじいちゃんの電話帳を持ってこさせた。自宅に戻り、電話帳を繰《く》りながらあちこちに電話してきたようだ。

コウジは祭壇《さいだん》の前に座り、おじさんに教えられたとおり、線香を絶やさないようにしていた。コウジが病院で、一緒に食べたお昼を吐いたというが、その場ではおじいさんの死を受け入れられなかったからかもしれない。

今はどんな慰めの言葉もそれと同じだろうと思って、淳之介と良太もだまってそばに座っていた。

その夜も遅く、コウジにはおばさんに当たるおじいさんの娘さんが来た。訃報《ふほう》の連絡をもらって、とりあえずひとりで駆けつけてきたらしい。だんなさんと子どもは、明日の朝東京を発つそうだ。

お焼香《しょうこう》をした後、コウジを抱きしめて「コウちゃん、かわいそうに……これからは、おばさんたちと一緒に暮らしましょうね」泣きながらも、はっきりと言った。

そこに居合わせた近所の人たち全員が、ほっと安堵《あんど》したようである。ひとりぼっちになったコウジの行く末が、誰にとっても一番気になるところであった。

そぼ降る雨の中、おじいさんの葬儀は近所の人たちが取り仕切って、ひっそりと終わった。コウジの名前は、谷田部晃司《やたべこうじ》だということがわかった。晃司のおばさんが船橋朱美《あけみ》、中一の一人娘は、梨奈《りな》ちゃんといった。

おじさんと梨奈ちゃんは、翌日帰って行った。朱美おばさんは、何日か残って後始末をしていくようだ。ここを引き払うとなると、子どもには思いもよらない雑事や手続きがあるのだろう。

晃司が床の間の戸棚から、大きなカバンを抱えてきた。「じいちゃんが前に、これに大事な物が全部入っているから、朱美おばちゃんに渡せって言ってた」

明日、尾瀬に向けて出発するという夕方「淳之介君と良太君には、本当にお世話になったわね。晃司もすごく心強かったはずです。どうもありがとう」おばさんが座ってお礼を言った。

「晃司には、おれたちの住所と電話番号を教えました。今度は東京で会おうな」最初の言葉はおばさんに、最後の一言は晃司に向かって言った。おばさんの自宅は、足立区だというから荒川区とは隣同士である。

「おばちゃん、ぼくがいて役に立つことある?」

「そうねぇ、必要な物を東京に送らなくちゃいけないから、自分の持ち物を片づけてもらうことぐらいね」

「それ、もうやった。後は箱に入れて送るだけ」

「あら、早いわね」

「箱を見つけて今夜入れちゃうから、ぼくもお兄ちゃんたちと一緒に行きたい」

「そんなぁ、迷惑だからダメよ。おもしろそうかもしれないけど、ずっと歩くのって大変なのよ」

「お兄ちゃんたちには、これからちゃんと頼む。ぼくおばちゃんちに行ったら、二度とわがまま言わないって約束するからお願い」

困り果てたおばさんが、救いを求めるように淳之介を見た。

「晃司さえいいなら、おれたちはかまわないですよ」

「そう、そう、ティガだって途中で仲間になったんだし、全然オッケー」

「本当にだいじょうぶ？　こんな小《ち》っちゃくて、ちゃんと歩けるかしら」

まだ心配そうなおばさんに、のんびり旅を説明した。自分たちが旅の途中に経験した諸々《もろもろ》は、学校では修得できない勉強だということを強調した。

「ふたりともまだ一度も自宅に連絡をしていないんです。そういう約束で計画した旅だと、親もわかってくれています。だから、晃司が同行したら心配でしょうけど、無事に帰るまで待ってもらうしかないんです」

「偉いわね、君たち。おばさんの方が教えられちゃうわ」

「緊急事態用に、携帯電話は持っていますから」お互いの番号を登録し合った。

「わかりました。じゃあ、晃司をよろしくお願いします。おばさんにできることがあったら言ってちょうだい」

「ハイ」良太が手を上げた。「ハイ、良太君」なかなかノリのいいおばさんだ。

「明日の朝、お昼用のおにぎりを作ってもらえるとうれしいです」

「おやすいご用」おばさんの一言で、沈みきっていた家に笑いが戻った。

「それじゃ晃ちゃん、さっそく旅行の支度しなくちゃ。何をどれだけ用意したらいいかしら？」淳之介を見て、おばさんが聞いた。

これから予定しているコースと、荷物はできるだけ軽くするため、必要最低限の物を教えた。

「男の子って、身軽でいいわね。これが梨奈だったらもう大変」おばさんは笑いながら、晃司と準備に立った。

落雷と虹

八月四日の早朝、おばさんの作ってくれたおにぎりと麦茶を分けて持ち、三人と一匹は意気揚々《いきようよう》と出発した。

晃司の表情は、万引き少年として捕まった時と同一人物とは思えぬ変わりようだ。小学生の身で、病気のおじいさんの面倒《めんどう》を看《み》てきた重荷は大きかったのだろう。

「今日は、ムシ暑いね。この夏一番じゃない？」ティガと遊びながらゆっくり歩いて、藤原ダムで休憩をとった。良太が汗をふきふき言った。

「そうだな、この分じゃ夕立がくるかもな」

「その前に尾瀬まで行けるように、ピッチを上げる？」

「夕方までは大丈夫じゃないかな」淳之介は、空を見上げた。

「晃司、調子はどうだ？」

「ぼくは平気。うちには自転車もなかったから、歩くのには慣れてるよ」

「頼もしいな。よーし、じゃ行くか」朝が早いので、お昼までの時間が長い。おやつ代わりに、カロリーメイトを一本ずつ食べてまた歩き始めた。

ティガも水をもらって元気いっぱい、しっかり歩いている。良太は、晃司の家にいる時の散歩で、ティガをきちんとしつけたようだ。さすが動物好きな一家で育っただけのことはある。ペットだってただ溺愛《できあい》するだけではダメなことを、良太にちゃんと教えたおばさんはやっぱりたいした人だ。

普段ぬぼーっとしている良太がきっぱり言う時は、不思議と子どもたちに対して説得力がある。そんな光景を何度も見てきた淳之介が、晃司をそれとなく観察していると、やっぱり同じだ。

良太をキラキラした目で見ながら、矢継《やつ》ぎ早《ばや》にあれこれ質問するのだ。ふたりの後を歩きながら、クスクス笑いがもれた。まったく良太はいいキャラしてる。

十一時過ぎ「湯の小屋」に着いた。温泉の出る掘っ建て小屋のことかと思ったが、れっきとした地名らしい。歩きながらいい場所があったら、そこでお昼にしようと決めた。道路のすぐ下を流れる川に、ちょっとした中州《なかす》があった。先を進んで、場所探しをしていた晃司が見つけてきた。

「オッケー、昼飯だ」

「ヤッター」狭い河原に降り、裸足になって浅い水の中をジャプジャプ歩いて中州に渡った。水が冷たくて気持ちいい。

三人でおにぎりにパクついた。「うめぇー」晃司の感想。

「極楽、ごくらく」良太の満足そうな感想。

「良太兄ちゃん、それってお風呂に入った時言うんじゃない？」

「いいの、いいの。ぼくの正直な気持ち」

「この先何があるかわかんねぇから、おにぎり一個ずつ残しておけよ」と淳之介。

晃司のおばさんは、おにぎり四個ずつとたくあんの切り身を、厳重にラップしてつけてくれた。パリパリのかつお風味たくあんで、おにぎりには最高の友だ。

少し休んでから、両手を使った水鉄砲で、誰が一番水を飛ばすか競争した。じいちゃんとお風呂でいつもやっていたという、晃司が一番になった。

ティガも水遊びが気に入ったようで、うれしそうにはね回っていた。淳之介のカメラには、ティガと無邪気に遊ぶ良太と晃司が何枚もおさまった。

山際に積乱雲が発生し始めたのを見て、出発することにした。

「四時までには尾瀬のロッジに到着しようぜ」淳之介の言葉に、少しペースを速めて歩いた。

地図を確認しながら、鳩待峠《はとまちとうげ》に至る道路を左に折れた。いよいよ雲行きがあやしくなって、まだ三時前なのにうす暗くなった。

大粒の雨がポツポツ降ってきた。荷物をぬらさないためと、体が冷えすぎないためにも、荷物の上から急いで合羽を羽織った。

すぐにすごい勢いの雷雨で、先が見えないほど降ってきた。

雷は遠くでゴロゴロ鳴っているが、まだ心配ないだろう。「少し急ぐぞ」淳之介が言うと、良太がティガを抱え上げて合羽の中に入れてやった。

晃司についで良太、淳之介がしんがりを歩いた。雷がそばまでくるとしたら、木立の道は危険だと思った。早く平地まで出るのが一番の安全策だろう。

急いだので、二十分ほどで峠を抜けた。左手に高い山が現れた。地図によると、あの山が至仏山《しぶつざん》のはずだ。尾瀬のもうひとつの山である燧ヶ岳《ひうちがたけ》とともに、百名山に上げられている。天候次第だが、明日は至仏山の登山を計画している。

その時、後ろでバリバリバリとものすごい雷鳴がして、打ち上げ花火のような衝撃《しょうげき》音《おん》が聞こえた。振り返ると、通り抜けてきたばかりの木立の一本に雷が落ちていた。

木の上から中ほどまでを真っぷたつに切り裂いて、焼けこげあとが生々しく煙もあがっている。三人とも唖然《あぜん》としたまま、しばらく固まっていた。

「何分か遅れていたら、ぼくたちあそこで雷にやられていたかもしれないね」三人の考えていたことを代表するように、晃司が恐る恐るつぶやいた。

淳之介こそ、背筋が凍るほどヒヤッとした。道連れのふたりに対する責任もある。良太が言ったとおり、全員をなごませてくれる愛らしいティガもいる。

自然の脅威《きょうい》をまざまざと実感した。自然とは雄大で美しいが、決してあなどってはいけないという、いい教訓になった。雨は降り始めた時と同じくウソのように上がって、陽が差した。

振り返った良太が、あっと叫んだ。

「見て、見て淳ちゃん、晃司、虹だよ、虹」

「ワーッ、きれいだな」晃司もうれしそうに大きな声を上げた。

ティガを下ろしてやり、みんなでしばらく虹に見とれた。これは自然の驚異《きょうい》だ。科学的根拠のある光のプリズムとはいえ、くっきりと空に浮かび上がった虹は、脅かした罪滅《つみほろ》ぼしに神様がくれた「おだちん」のようだ。

淳之介の考えを見透かしたように、良太が言った。「なんか今ね、虹の橋を渡る神様の黒い影が、地面に映ったみたい」

「お前、なかなか詩人だな」

「へへ……淳ちゃん、虹の写真撮らないの？」

良太に言われるまで、カメラのことさえ忘れていた。

至仏山《しぶつざん》をバックに腰を下ろし、残りのおにぎりを食べた。三人を包んだ安堵感《あんどかん》がおかずになって、特別なうまさだった。

尾瀬ヶ原特有の、板敷き遊歩道に入った。雨上がりの道を、三人は清々《すがすが》しく歩いた。

雨を避けていた人たちが、さわやかな空気を求めて散歩に出てきたようだ。

「こんにちは」かけ声もさわやかだ。

登山、ハイキングコースや自然の中の観光地では、見知らぬ者同士がお互いにあいさつの言葉を投げかける。エチケットのひとつと言える。

「こんにちは」三人できれいにハモって、思わず笑ってしまった。空高く舞い上がったひばりが、しきりと忙しげに話しかけている。

「ひばりってね、偉いんだよ。卵やヒナがカラスとか鳶《とび》にねらわれないように、巣からずっと離れたところに急降下するんだよ。そんで草むらで自分の姿を隠しながら、巣までちょこちょこ歩いていくの」

良太が「むつごろう先生」ぶりを発揮した。

尾瀬のロッジとジーグさん

宿泊予定のロッジに着いた。とりあえず、ティガをじゃまにならない片隅の木につないで水をあげた。

これから宿泊の交渉だ。中に入りながら、良太を振り返った時、ドンと何かにぶつかってはじき飛ばされそうになった。堅くてでかい銅像のようなものにぶつかったのかと思って見ると、がっしりした男の人だった。

「あっ、すみません」お辞儀《じぎ》して謝った。恐そうな雰囲気の人だったのが、笑うと一変した。

「大丈夫かい？　オイラ、鋼鉄製だから痛かっただろ？」

「鋼鉄製？　アンドロイド？　そのうち人間になれるの？」良太がすっとんきょうな声を上げた。

「いやいや、哀《かな》しいことにオイラは一生アンドロイドのままさ。でも、五百八十三歳まで生きられるけどね」

「お兄さん、名前教えてください」

「名前？　本名を言ってもしょうがないから、人間世界での名前を教えるよ。高木《たかぎ》浩《こう》太《た》っつーの」

こぼれるような笑顔の良太が、はしゃぎながら言った。「この子が晃司で、ぼくが良太。ふたり合体させるとコウタだ」

「おっ、偶然の一致ってやつだな。じゃあふたり合わせてコウタ君、よろしく」高木さんは気さくでおもしろい。

淳之介を見てまゆを上げた。「君は？」という声が聞こえたような気がして「淳之介です」と答えていた。

立ち話も何だから、座ろうよ。高木さんが、赤、黄、緑に塗られたかわいらしいベンチを指した。

「でも、出かけるところだったんじゃないですか？」淳之介の問いかけに、「ちょっと散歩でもしようと思ったんだけど、君たちと話していた方がおもしろそうだ。ぬれているようだけど、さっきの集中豪雨の中、歩いて来たな？」と言った後、着替えた方がいいぞと勧めた。

「でも、そしたらいなくなっちゃうでしょ？」良太と晃司は、そのまま話していたい様子だ。

まだ部屋も取っていないから、着替える場所といったらトイレぐらいだ。それを察した高木さんが部屋を提供してくれた。

「仲間が眠っているから」口に人差し指を当てて、シーッと言った。三人とも、超特急で着替えた。

脱いだものは、共同の洗濯機があるから後で洗えばいいと教えてくれた。ぬれた洋服と荷物を板の間の隅に置いたまま、先ほどのベンチに戻った。

途中ですれ違った男の人が「あれっ？　高木さん、いつの間にそんな子連れになったん？」笑いながら通り過ぎて行った。

ベンチに落ち着くと、良太が落雷の様子と虹の話をした。良太の話しは、興奮も手伝ってとりとめがない。

「へぇ、すごい光景を見られたんだね。おれも虹を見たかったなぁ」その言葉に勢いづいて、神様の黒い影を見たことまでしゃべっている。

「そりゃ、つくづく残念だ。見逃したとは、一生の損をした気分だよ」

東京からの旅の経過と晃司との出会いを良太が語り、淳之介が補足していった。

「そっか、じいちゃんのことは残念だけど、今頃はきっと天国から晃司たちの旅をのぞいて、満足そうに目尻《めじり》を下げているぞ」晃司の頭に手を置いて、髪の毛をクシャクシャにした。

「それにしても、ふたりともずいぶん大胆な行動に出たな。その辺の大人より、よっぽど肝《きも》がすわってんだな。イヤー、まいった」

感心する高木さんに、良太が聞いた。

「ねぇ、高木さんっていくつ？　恋人いるの？」

「おれはまだ二十八歳。あと五百五十五年も生きなくちゃなんない。恋人？」高木さんの手招きに、四つの顔が集まった。

「もう、五年も連れ添ったかわいいヤツがいる」小声で教えてくれた。

「結婚しているの？　一緒に来てる？」良太までささやき声だ。

「結婚はしていないけど、もちろん一緒さ。おれたちは最高のペアで、どこへ行くにも一緒なのさ」言いながら、高木さんが腰を起こしたので、みんなそれにならって元の姿勢に戻った。

「えーっ、どんな人？　紹介して」晃司も興味津々《きょうみしんしん》だ。淳之介にしても、こんなユニークな人の恋人に会ってみたい。

「会いたいか？　じゃあ、今夜八時にここを抜けたホールにおいで。紹介するぞ。ヨシッ、仁《じん》さんに宿賃の値引き交渉に行こうぜ」

仁さんとはロッジのご主人で、顔の下半分がヒゲにおおわれた熊のような人だ。顔に似合わず気さくなおじさんで、子どもたちにさえ「おれのことは、仁さんと呼べ」と言った。

にっこり笑った顔は意外に愛らしくて、みんなひと目で好きになった。高木さんが「こいつらはさ……」と、旅のきっかけや目的、晃司の万引きやじいちゃんのことまでを、かいつまんで語ってくれた。

仁さんは手際《てぎわ》よく食事の準備をしながら、相づちを打って聞いていた。

「そこでだね、宿代安くしてよ」

高木さんの交渉に、仁さんは立てた親指をつき出して「オッケー、了解！　その代わり手伝ってもらえることは頼むぞ」

「ありがとうございます。皿洗いでも何でも言いつけてください」淳之介が言うと、良太も晃司も力いっぱいうなずいた。

満足そうな高木さんは「交渉成立！」とウインクして笑いかけた。

もうひとつ交渉しなければならないことが残っている。「途中で仲間になった、小犬もいるんですけど」ちょっと心配そうに良太が聞いた。

「なんだ、犬はうちにもいるよ。動物嫌いなお客さんもいるだろうから、一緒に裏へつないでおけよ」

高木さんの案内で、ゴンに会いに行った。白いオスの雑種犬で、おとなしそうに見えた。ティガを連れてきて、ゴンにあいさつさせた。

邪険《じゃけん》にされるんじゃないかと心配したが、二匹はクンクン臭《にお》いをかぎ合った後、ゴンがティガの顔をペロッとなめて友だち宣言完了だ。エサをあげて、仁さんのところへ戻った。

ひと部屋を割り当てられ、高木さんたちの部屋から荷物を運び出した。洗濯機の「使用可」の札を見て、ぬれた物を放り込んで回した。その間、手伝うことを申し出た。

夕食をひとり分ずつトレイに乗せる役と、運ぶ役に分かれた。

食事を知らせる鐘の音を合図に、お客さんが食堂に集まってきた。淳之介たちのも入れて、三十五人分あった。

仁さんがイタリアで料理の修業時代、小さな町の古道具屋で見つけたという教会の鐘は、澄んだ音色でリンドンと鳴った。

なかなか趣《おもむき》があって、いいアイデアですねと言う淳之介に「放送設備を取り付ける余裕がないだけさ」と笑っていた。しかし、山のロッジには鐘の音の方が断然似合う。

高木さんとその仲間の人たちが入ってきた。

「おっ、感心、感心。さっそく手伝っているな」仲間を紹介してから言った。

「ここは、どこに座ってもオッケーなんだ。こっちで一緒にどうだ？」淳之介たちは、高木さんたちの隣のテーブルに着いた。

今夜のおかずはさばの味噌煮とロールキャベツ、なすときゅうりの漬物である。質素だが、どれも心がこもっていておいしかった。

ご飯とみそ汁のおかわりは自由だが、そこからはセルフサービスとなる。高木さんたちとおしゃべりしながら、三人ともおかわりした。

高木さんの仲間はみんな愉快な人たちだった。高木さんが淳之介たちのことを前もって説明しておいたらしく、旅の質問が多かった。その四人グループも、日本全国をあちこちと旅回りしているらしい。

見聞が広く、変わった風習や失敗談をおもしろおかしく語るものだから、笑いの渦が絶えなかった。今度は淳之介たちが質問する側になって、いろいろ聞き出した。

尾瀬には同じ時期に、毎年来るのだそうだ。今年で五年目だという。一週間から十日間ほどいていったん東京に戻り、また旅に出ることを繰り返しているそうだ。

「仕事をしながら、旅をしているってこと?」

「おっ、良太はなかなかするどいな」高木さんの返事に、突っ込みを入れたのは晃司だ。

「どうやっても、遊んで暮らせる大金持ちには見えないもん、誰だってわかるよ」

高木さんの仲間が、拍手しながらヤンヤとはやし立てた。

高木さんのスタイルは、首の辺りがすり切れ色あせた黒いTシャツと、ヒザ丈の短パンはヨレヨレのダブダブなのだ。おまけにボロクソの雪駄《せった》ばきだ。

四人ともすごく個性的で、淳之介たちを一人前の男として扱ってくれた。だが、高木さんの最初の印象があまりにも強く、三人にとって一番のお気に入りだ。

「仕事ってなーに?」晃司が聞いた。

「銀行強盗」

「じゃあ、もっといいカッコしてよ」

「強盗しても、地球上の貧しい人たちに全部寄付しちゃうのさ。『愛は地球を救う』なんちゃって」

晃司と高木さんのやりとりを聞いていた西山さんが、ニコニコと言う。「ジーグこそ、寄付してもらった方がいいんじゃないか？」

「おれだって、好きで貧乏してるんじゃないぞ」と言いつつ、高木さんの表情も言い方もすこぶる明るい。

たとえお金にはならなくても、大好きなことをやっている満足感が大きいのだろう。イキイキとした表情で笑っている。仲間同士の罪のない言い合いも、レクリエーションのひとつのようだ。

「どうしてジーグって呼んだの？」晃司が聞いた。

「こいつの体はね、特別に鍛《きた》えているわけじゃないのに鋼鉄製筋肉なんだよ。『鋼鉄ジーグ』ってテレビアニメからつけたのさ」いつもニコニコの西山さんが説明してくれた。

「ぼくたちもジーグさんって呼んでいい？」あだ名の由来が気に入ったのだろう、晃司が勢い込んで聞いている。

「オッケー、了解！　いけねぇ、仁さんの十八番《おはこ》取っちゃった」

仁さんが聞きつけて、マネすんなぁと笑った。

食事の後片づけを手伝いながら、高木さんたちの仕事について当てっこをした。いろんな意見が飛び交うのを、仁さんが笑いながら聞いていた。

デン・オブ・ヴァイス

洗濯物を干してから、八時前にホールへ向かった。ギターのチューニング音、ドラムを叩く音などが、混じり合ってにぎやかに聞こえてきた。

「淳ちゃんの言ったとおり、ミュージシャンだったんだね」

良太は納得の様子だが、晃司は信じられないというように、目を丸くしている。

「ミュージシャン？　普通もっとスマートでカッコいいはずじゃん」晃司にとっては、どうも納得がいかないらしい。

ミュージシャンといってもジャンルは広い。ジーグさんたちのは、どうやらロックバンドのようだ。

良太のおばさんのロック好きが影響して、淳之介もかなりのＣＤを持っているが、中でも好きなヴァン・ヘイレンの曲を合わせていた。

八時ジャスト、ジーグさんがギターの音をひずませながら長く引っぱった。音が消えたところで、「みなさん、こんばんは！　デン・オブ・ヴァイスのライヴにようこそ」あいさつして、ライヴが始まった。

ジーグさんがギターで、ふとっちょの西山さんがドラム、やせっぽの堤さんがベース、女っぽい藤木さんがヴォーカルだった。ドラムの西山さんの迫力はすごい。

ジーグさんのギターもプロ級で、間奏のソロを難なくこなしている。その姿は、かけ値なしにカッコいい。良太と晃司も、別人のようなジーグさんを、食い入るように見つめている。

それにしても笑っちゃうのは、ジーグさんの裸足だ。まるで野人のように、つま先で器用にエフェクターの操作をしている。ステージ脇には、雪駄《せった》がそろえて置いてある。

藤木さんがキーボードとヴォーカルの二役をこなし、ヴァン・ヘイレンのコピーが三曲続いた。それからジーグさんのＭＣが入った。

「えーっ、みなさん改めましてこんばんは。今夜は、おれたちの若い友だちが聴きにきてくれています。その子たちに、恋人を紹介するなんて、とんでもない約束をしてしまったおれです。後悔先に立たず……しかーし、おれも男だ。いさぎよく紹介しまーす」観客が、ガヤガヤとざわめいた。

ギターを肩からはずした高木さんが「みなさん、ご静粛《せいしゅく》に！　おれの大事な恋人を紹介します。その名もギブソンのレスポール・ブラック・ビューティ。どうです、この妖艶《ようえん》なボディ」と言って、ギターを高々と持ち上げた。会場は、ヤジと拍手で騒然《そうぜん》となった。

「おれは、こいつと五年もつき合ってツーカーの仲です。曲によって、たまに浮気をします。妬《や》いてすねたところが、また格別かわいいんです。これからさっそく浮気します」

高木さんは、ギターを黒地に水玉模様のV字型と交換し、次の演奏が始まった。オリジナルを二曲披露した後、レインボーの『キル・ザ・キング』を演《や》ってくれた。

「ちょっと休憩します。鋼鉄ジーグと言われる、おれのエネルギー源はたばこです。もう切れる寸前」ギターをスタンドに立て、ギクシャクしたロボットの動きでステージを降りた。

「どうだい、ライヴ楽しんでる？」ジーグさんがくしゃくしゃのたばこを片手に、淳之介たちのところへきた。

「最高にカッコいい」と良太。

「始まる前は、あやしいなって思っていたけどびっくりした。超カッコいい。もうソンケーしちゃう」と晃司。声を落とし「でも、ギターが恋人だなんて、ジーグさん女の人にはもてないの？」と手厳しい。

「シーッ、それ禁句。こんな優しい男は、世界中探してもどこにもいないぜ。ちゃんとわかってくれる人を待ってるの」

「ねぇ、ねえ、バンドの名前、もう一度ゆっくり言ってよ」晃司が注文をつける。

「デン・オブ・ヴァイス」

「へんな名前。意味あるの？」

「おおありさ。『悪の巣窟《そうくつ》』って、りっぱな意味がある。おれには似合わないけどな」

「プロを目指しているんですか？　インディーズデビューは？」

淳之介の質問には、ちょっと渋い顔をした。

「一応な。今年の春にインディーズデビューして、一枚だけオリジナルのCD出したんだよ。でもイマイチだな」

「良太の母ちゃんがロック大好きで、おれも小さい時からずっと聴いてきたんですよ。だから、すごく楽しかった」

「おおっ、うれしいこと言ってくれるな。良太の母ちゃんに会いてぇ」

「じゃあ、東京に帰っている時に会おうよ。ライヴもまた見たい」良太がニコニコ顔で言う。

「いいね、いいね。高円寺とか池袋のライヴハウスで、結構演っているからおいで」

年代は違っても、熱狂的なファンに囲まれたジーグさんはとてもうれしそうだ。

第二部を終えて、大きな拍手と歓声の中『デン・オブ・ヴァイス』のメンバーはステージを降りた。ざわつきながら、観客が引き上げていく。

メンバーと一緒にホールを出ながら、晃司が藤木さんをつかまえて聞いている。

「英語の歌を、よくあんなに覚えていられるね」

「おれのは、なんちゃって英語だから。らしく聞こえるだけで、テキトーだよ」

「へぇ、そんなんでいいんだ」と、突っ込みを入れる。

「アラま、言ってくれるじゃないの」藤木さんは、言い返しながら笑っている。

これから食堂で乾杯してくるというバンドのメンバーと、部屋の前で分かれた。

至仏山《しぶつざん》登山

次の朝は、また暑くなりそうな快晴だった。朝食の準備を手伝ってから、至仏山《しぶつざん》に登ることにする。仁さんに了解をとった。

「おれも久々に登山しようかな。バンドの連中にも声をかけて、おにぎり持って出かけようぜ。淳ちゃん、何人で登るか調べてくんない」

「わかりました」

バンドメンバーの部屋へ急いだ。小さめのノックでは、返事がなかった。容赦《ようしゃ》なくドンドン叩いた。「誰だ？　まだ夜中だろ、うるせぇぞ」部屋の中で眠そうな声がして、藤木さんが顔を出した。

「おはようございます。みなさんの中に、これから至仏山《しぶつざん》に一緒に登りたい人いませんか？」

「おいっ、山に登りたい奴いるか？」振り返って怒鳴った。

まだ六時前なので、みんな半分寝ぼけている。それでも、一番眠そうな西山さん以外は行くという。

「仁さんも行くそうです。今、お昼のおにぎりを作っています」すると西山さんがむっくり起きあがって、お昼が出るんならおれも行く、と目をこすっている。

「じゃあおれ、手伝いしてきます。朝ご飯食べ終わったら、出発するそうです」淳之介は厨房《ちゅうぼう》へ急いだ。

良太と晃司が手伝って、すでにかなりのおにぎりができあがっていた。仁さんは、漬け物と鳥の唐揚げの準備をしていた。

仁さんにメンバー全員が参加することを伝えた。

「じゃあ全部で八人か？」

「残りのおにぎり、ぼくがにぎってもいい？」晃司が聞いている。

「オッケー、了解！　自分たちで食うんだから、四角でも丸でも好きなように作れ」

六年生とはいえ、おじいさんとふたり暮らしをしてきた晃司はなかなか手つきがいい。クーラーボックスに入れていくというので、おにぎりの中の具もとりどりである。淳之介は、具別に分けたおにぎりを三個セットにしてラップにくるんでいった。唐揚げもできあがり、手伝ったごほうびに熱々をつまみ食いさせてくれた。

朝ご飯の準備は、バイトのスタッフがやってくれたので運ぶのを手伝った。ちょうど七時に、合図の鐘を鳴らした。

朝食後、お客さんは予定している行き先を目指してそれぞれ散っていく。ほとんどが一泊か、せいぜい二泊のお客さんばかりのようだ。

淳之介たちにしても、今日の至仏山《しぶつざん》と明日の尾瀬ヶ原散策を終えたら、燧ヶ岳《ひうちがたけ》のそばのロッジに移動するつもりだ。

尾瀬ヶ原は群馬、福島、新潟の三県にまたがっている。至仏山《しぶつざん》は群馬県、燧ヶ岳《ひうちがたけ》は福島県に属し、尾瀬ヶ原の遊歩道を一周すると、一日で三県の土を踏めることになる。

仁さんに言われて、良太が冷蔵庫から缶ビールを五本と、ペットボトルのお茶を八本テーブルに取り出した。仁さんが引っ張り出してきたクーラーボックスに、保冷材と一緒に入れ、唐揚げと漬け物のタッパの上に、おにぎりを並べて準備完了した。

外側がナイロン製の大きくてソフトなクーラーボックスは、リュックのように背負える。「山登り用に、おれが考えて特注したものだ」仁さんの愛用品らしい。

「山に登る時は、暑くても長袖と長ズボンがいいぞ」前もって、仁さんに忠告されていたので、いったん部屋に戻って着替えた。

持ち物は、カメラのほか帽子と汗ふき用のタオルだけにした。

玄関前に行くと、みんな集合していた。

「アタシ帽子がないから、タオルをかぶることにするワ」ジーグさんは女言葉で、派手な花柄のタオルを頬《ほお》かぶりしてみせた。そのミスマッチに、笑いながら出発した。

「仁さんひとりが荷物持ちじゃ悪いから、途中みんなで交替するよ」西山さんが申し出た。

「ありがたいお言葉だけど、山登りに慣れていないあんたたちには持たせられないよ。二千メートル級の山を甘くみちゃいかんぞ」

仁さんは、高校時代からワンダーフォーゲル部に入っていて、山の魅力に取りつかれたようだ。そばに山のある生活に憧れ、シェフの修行をしてロッジ経営にのり出したのが、三十歳の時だそうだ。

お客さんとして泊まった女性と結婚したが、三年もしないうちに逃げられて以来、五十歳になる今日まで独身を通してきたという。人によっては深刻な身の上話も、仁さんは実にサバサバと語った。

いよいよ登山口に着き、全員がお茶を渡された。水分補給しながらいくように言って、仁さんが先頭で登り始めた。

至仏山《しぶつざん》は、高さ二二二八メートルだ。ちゃんと登山用のルートがある。しかし、仁さんが言ったとおり、丘を行くハイキングとは違う。まず最初に息が上がって休憩を申し入れたのは、ふとっちょの西山さんだった。

「時間はたっぷりあるから、ゆっくり行こう」一回目の休憩をしながら、仁さんが言った。何日もの歩行で鍛《きた》えてきた淳之介と良太は、まだまだ疲れを知らない。晃司も平気そうだ。

西山さんを筆頭に、バンドのメンバーは普段の運動不足を思い知らされている。そんな中、ジーグさんだけはニヤニヤしながらほかのメンバーをからかっている。

「みんな情けねぇ」確かに、ジーグさんは息が乱れていない。

「そりゃあ、お前は、アンド、ロイド、だから、平気、だろうよ」西山さんの応酬《おうしゅう》は、あえぎながらで迫力がない。

十分ほど休んで、また出発した。登っている間は、誰もあまり口を開かない。仁さんが時々立ち止まって、高山植物を見つけては名前を教えてくれた。淳之介はカメラにおさめていった。

普段は馴染《なじ》みのない花たちだか、動物や植物の図鑑を友としている良太は、可憐な本物を見て感動しまくっている。

そんな良太を、仁さんが愛《いと》おしそうに見つめる。素直で人なつこい良太は、どこへいっても人気者だ。

途中で三回の休憩をはさみ、とうとう頂上に着いた。お昼にちょうどいい時間だが、みんな登りきった感動と息切れで食べるどころではない。呼吸が正常にもどるまで、頂上からのながめを楽しんだ。

仁さんが、昼飯にはビールがひと缶つくと言うと、メンバー全員歓声を上げて喜んだ。「さっすが仁さん！」などと、よいしょしている。

クーラーボックスを真ん中に、輪になって昼食をとった。

話題は、淳之介たちの徒歩旅行のきっかけとなった龍馬から本の話題に移った。

「ただな、人と話すことは、どんなにいい本を読んで知識を得ても、追いつかないほど大事なものを与えてくれるもんだよ」

くだらない冗談に笑い合ったり、共感してうなずき合う充実感が、人間を大きくしてくれるんだというジーグさんの話は、旅の経験から実感できた。

そろそろ下山の準備にかかるから、ゴミはどんなに小さくてもきちんと持ち帰るよう、仁さんの指示が飛んだ。

下山はひざに負担がかかるが、みんな楽々と下りて行った。もう少しで山裾《やますそ》というところで、藤木さんが小砂利にすべって足首をねんざした。仁さんがまだ多少は冷たい保冷材を当て、タオルでしばるだけの応急処置をしてやった。

歩かない方がいいので、ジーグさんが藤木さんをおんぶしていくことになった。鋼鉄の体と力を持ったジーグさんは、力仕事の時いつも使われるらしい。

「フジ子ちゃんが、軽くてよかったよ。これがニッシーじゃ、さしものおれだってギブアップだ」女っぽい藤木さんを、ふざけたあだ名で呼んだ。

ジーグさんの背中で、藤木さんが言う。「おんぶされるのって、もっと楽かと思ったけど、以外と疲れるね」

「おい、おい、じゃあおんぶしてるおれはどうなんだよ」

ロッジに帰って、常備薬の箱を取り出した仁さんが、保冷材をくるんでいたタオルをはずした。

藤木さんの足首はうっすら紫色で、かなり腫れていた。湿布薬の上から、足首を固定するため多めに包帯を巻いた。

「今夜のライヴ、どうする？」西山さんの問いに「おれはドラム叩くわけじゃないんだぜ。大丈夫にきまってんだろ」

「イスを用意すれば、キーボードだって座って弾けるしな」ジーグさんの一言でケリが着いた。

「おれの背中が、喜んでフジ子ちゃんのアッシー君を務めさせてもらうよ」

「ゲッ、ジーグにおんぶされてステージに登場ってわけ？　カッコわりぃ」

「観客は大喜び」晃司の辛口に、みんな笑った。

「いいさ。みんなでおれを笑い者にしてくれよ」すねた口調だが、目が笑っている。

そんな藤木さんに、晃司がまた挑戦的な言葉を投げた。

「なんちゃって英語だけは健在でしょ」今度は全員が爆笑した。

「ジーグ、なんとかしてよ、この子。晃司はさ、おれのことをきらい？」

「ウウン、大好き！」ケロッと言う。

「あれが、晃司の慰め法なんだよ。なぁ、晃司？」ジーグさんのとりなしに「そう、そう、ねんざぐらいでへこんでちゃいけないよってね」

「あらま。ほんと、口の減らない子だこと。へこんじゃいないけど、へこんでたことにしとくわ」

「この勝負、晃司山の勝ち」ジーグさんが、晃司に向かって軍配を上げる振りをしたので、またひとしきり笑いに包まれた。

仁さんが、なごり惜しそうに「おれは、厨房《ちゅうぼう》見てくるよ」と言ったので、淳之介たちもあわてて手伝いに走った。

六時半の鐘の合図とともに、新規のお客さんを含めみんなが食堂に集まって来た。今夜は総勢二十八名に減っていた。

晃司はちゃっかりと、自分たちの席とバンドメンバーの席を確保している。

夕食後のライヴは、いつものとおり八時から始まった。藤木さんは、どうせおんぶされてステージに上がるのならば、と考えたらしく水戸黄門の衣装に、白いヒゲをつけて出てきた。当然、ジーグさんと堤さんの、助さんと角さんもいる。ふとっちょの西山さんは、うっかり八兵衛役のようだ。

その演出に、会場は爆笑の渦に包まれた。「ロックライヴじゃなくて、田舎芝居に変更すんのか？」「コミックバンドか？」といったヤジが、あちこちから飛んだ。

観客のはやし立てる騒音の中で、ちょっと間をとってから「エーィ、頭《ず》が高い！控えおろう」印籠《いんろう》まで用意して、ドラマの筋書きを楽しんでいる様子だ。ノリのいいお客さんの中には、平伏《へいふく》している人もいる。

いきなり演奏が始まった。まだ笑いの残る中、強烈なロックのリズムと衣装のギャップを感じて、キョトンとしているお客さんも多い。それを予想しての演出なのだろう。今夜もバリバリ飛ばしまくっている。

ライヴ終了後、これからビールで乾杯するから付き合えよと言われ、宴席に子どもが三人加わった。

食堂のテーブルひとつに、仁さんがおつまみとビールを用意してくれた。淳之介たちはコーラをついでもらい乾杯した。

基本的に、ライヴ中はいっさい飲まないのだそうだ。飲むと、思うように足も手も動かなくなるらしい。

明日の予定を聞かれ、尾瀬ヶ原一周の散歩をするつもりだと言うと、みんなで行こうということになった。藤木さんはまだ無理なので、ちょっとすねたふりをしている。

仁さんも、明日はパスするけど燧ヶ岳《ひうちがたけ》には一緒に登るぞと宣言した。

仁さんは淳之介たちに、ほかへ泊まるなんてこと考えずにちゃんと戻って来いよと、念を押した。

淳之介と良太も、尾瀬にいる間はここに泊まっていたいね、と話していただけにありがたい言葉だった。

「水戸黄門の衣装はどうしたの?」ずっと気になっていたらしい晃司が聞いた。

「以前、コスプレの専門店で、おもしろ半分に買ったけど、一度も着たことないんだよ。思い出して、車から引っ張り出してきた。なかなか良くできているだろう?」

ジーグさんが、立ち上がって一周しながら笑った。

メンバーの旅の笑い話で盛り上がり、十一時近くなったのでみんなでテーブルを片づけた。淳之介が皿を洗い、晃司がすすぎ、良太が拭《ふ》く。一連の流れ作業で、あっという間に終わった。

尾瀬ヶ原の散策

翌朝は曇っていたが、仁さんと一緒に用意したおにぎりを持って元気に出発した。

今日は平地の散策なので、ティガとゴンもお供を許されてうれしそうだ。

クーラーボックスを背負っているのは、当然のようにジーグさんだ。

途中の草むらに降りたティガが、ウンチをした。良太がビニールの袋を出して、手にかぶせてウンチを拾う。それをレジ袋に入れ、二重にして持ち歩くのだ。

尾瀬ヶ原全体が湿地帯なので、板を渡した遊歩道が造られている。尾瀬といえば「水《みず》芭《ば》蕉《しょう》」が有名だが、ワタスゲやヒメシャクナゲなどもあちこちで見かけた。

良太の尾瀬立ち寄りの第一目的は、図鑑でしか見たことのない「水芭蕉」の本物を見ることだ。しかし、残念なことに水芭蕉の時期は終わっている。

「大丈夫さ、花だって人間と同じ。同時期に咲くのがほとんどだけど、遅咲きの花も

あるはずだよ」ジーグさんが言い終わると同時に「ジャジャジャジャーン」ベートーベンの『運命』を高らかに口ずさんで、先頭を行く西山さんが指さした。

見た目は湿地帯を感じさせない部分も多い中、その一角は湧き水でも出るのか小さな池のようだ。そこに、ちょっと盛りを過ぎた水芭蕉が咲いている。

歓声を上げた良太が、かがんでじっくり観察する。その感動が、ほかの全員にも伝わってくるから不思議だ。

水芭蕉は、たいていの人が花だと思っている白い部分は苞《ほう》で、穂のような部分に黄色い小さな花が密集しているのだと良太が教える。

「おれたちさ、せっかく日本全国あちこち旅をしてるんだから、昼間は寝ていて夜だけ活動なんてパターンを修正しようぜ」堤さんが提案する。

その地の名物や歴史的建造物にも興味を示して、もっと自分を啓蒙《けいもう》しようということらしい。

旅先での出会いや出来事が、人間的成長に役立つことは誰もが実感していることなので、みんなうなずいている。

尾瀬沼近くのキャンプ場のベンチで、お昼を食べた。仁さんは、今日もビールを一缶ずつサービスしている。

運動した後のお昼ごはんは、最高にうまい。それにも増して、一杯のビールがうまそうなバンドのメンバーだった。

しばらく休んで、残り半周の散策に出発した。所々で、ジーグさんの言う「遅咲き水芭蕉」に出会った。白い苞が茶色っぽくなったものもあったが、時期はずれとあきらめていた良太にとって充分満足だった。

「フジ子ちゃんは、一緒に来られなくて残念だろうね。明日も無理だしさ」晃司がジーグさんをまねた呼び名で、藤木さんに同情した。

みんなで過ごす楽しさと、もし自分がねんざした身だったら……考え合わせて自然に出た言葉のようだ。

「そっか、晃司は他人の痛みがちゃんとわかるとは、なかなか偉いぞ」ジーグさんにほめられて、ティガも顔負けの笑みを満面に浮かべた。

ロッジにたどり着いて、仁さんやほかのスタッフに「ただいま」のあいさつをしに厨房へ行った。まだ四時だが、すでに夕食の準備で忙しそうだった。

「ぼくたちも急いでお風呂入ったら、手伝いますね」

「おう、楽しかったか？　運ぶのだけ手伝ってくれればいいから、六時までゆっくりしていろ」仁さんが魚をさばきながら言った。

風呂に入ってから、淳之介が明日の天気を話題にした。「さっき仁さんが言ってたけど、やっぱ雨かな？」

「んー、そうかもね」水芭蕉の絵に集中している良太は生返事だ。

淳之介は、両手を枕に畳に寝転んだ。電話一本かけないふたりを、父や良太の家では無事な証拠と思いながらも、心配していることだろう。そこで、お土産用の絵ハガキを買って、便りを出すことを思いついた。

「ちょっと売店に行って来る」ロッジの玄関を上がった片隅に、小さな売店がある。

絵ハガキと五十円切手を三枚買ってきた。

「これから晃司の母ちゃん代わりをしてくれるおばさんに、絵ハガキで中間報告しとけよ。おれたちも書くから」

「でも、連絡とかしないんじゃなかったの？」昔だって、手紙は飛脚《ひきゃく》が運んで、やりとりしたことを晃司に教えた。

それぞれが旅の便りを書いて、ロッジに備えてあるポストに入れた。ちょうど六時になるところだったので、そのまま厨房《ちゅうぼう》へ足を向けた。

「うひゃー、うまそう」晃司が並んだおかずを見て叫んだ。慣れた手つきで淳之介が一人前ずつのセットを作り、晃司と良太がどんどん食堂へ運ぶ。六時半と同時に、晃司が鐘を鳴らした。

今夜は、刺身とビーフステーキがメインで、ポテトサラダに漬け物だ。

藤木さんは、びっこを引きながら自分で歩いて来た。

「仁さん、今日はやけに豪勢《ごうせい》じゃん」

「なに？　いつもは貧弱だって文句言いたいのか？」仁さんの言葉は乱暴だが、目が笑っている。

「いいえ、どんでもございません。いっただきまーす」藤木さんのあいさつを皮切りに、「いただきます」の合唱となった。

バイトのスタッフが「成長期の子どもには肉が必要だよなぁって、仁さん気合い入ってるんっスよ」そっと教えてくれた。淳之介は、気をつかう仁さんに申し訳なかった。

晃司は、ステーキを頬張りながら言う。「うんめぇー、ぼくこんなうまい肉、初めて食べた」それまでの晃司の境遇《きょうぐう》をしのばせる言葉を聞いて、仁さんは熊のような顔をほころばせて喜んだ。

淳之介たちも、仁さんの思いやりをかみしめながら食べた。ほかの人たちも、雑談の中で舌鼓《したつづみ》を打っている。

夕食の後片づけを手伝ってから、ホールに向かった。その日の最後にジーグさんが弾いたギターソロは、もの哀しく短いインストルメンタルだった。心の琴線《きんせん》に触れるものを感じ、曲の存在を知っただけでも得した気分になった。

淳之介は、ジーグさんにどんどん惹《ひ》かれていく自分を感じていた。「ジーグさんって、空を飛べるの？」本気でそんなことを聞いてみたくなった。

空の高さ、広さ、青さにずっと憧れている淳之介にとって、それは最高のほめ言葉だといえる。実在の人物で、こんなに輝いて見える人に初めて出会った。

ライヴの後のビールは、メンバーにとって欠かせない行事のようだ。今夜も一緒に乾杯をした。燧《ひうち》ヶ《が》岳《たけ》に登る予定の、明日の天気が話題になった。

「明日は雨らしいぞ」天気予報を唯一聞いた仁さんが言った。

雨なら延期、晴れなら六時出発、曇りの場合は雨の心配がないか様子をみて出かけることにした。晴れていたら、登山チームだけ五時半には朝食を済ませるよう、仁さんから指令が飛んだ。

明日に備え、ビール一杯で解散した。部屋へ帰りながら、最後のあの曲の説明をしてくれた。若くして飛行機事故で亡くなった天才ギタリスト、ランディ・ローズの『ディー』という曲だそうだ。

雨のロッジと最後のライヴ

淳之介が翌朝五時に起きてみると、しとしとと雨が降っていた。この分じゃ延期だなと思いながらも、一応厨房《ちゅうぼう》へ行ってみた。朝食の準備をしていた仁さんが顔を上げたので、あいさつの後延期を確認した。

「今日は手伝いしなくていいから、朝めしまでゆっくり寝ていろ」そう言ってくれた仁さんに甘えることにして、部屋に戻った。

二度寝をし、朝食の合図まで目が覚めなかった。部屋に良太と晃司の姿はなく、ひとりで食堂へ向かった。

良太と晃司は配膳《はいぜん》を手伝っていた。「寝ぼすけ、寝ぼすけ～」晃司がはやし立てるのを、良太がそっといさめた。

「さあ座った、座った」仁さんが、淳之介の両肩を押して席につかせた。

ビッコをひいた藤木さんを先頭に、バンドのメンバーが顔を出した。足どりから見ると、昨日より藤木さんの具合は良さそうだ。

後片づけの手伝いが終わった後は、ジーグさんたちの部屋でトランプをして遊んだ。ババ抜きや七並べのあと「うすのろばかまぬけ」で盛り上がった。

時計を見ると、もう十一時だった。三人は、厨房へ走った。今日は雨のため、予定を変更してロッジに留まっているグループも多い。その人数分の昼食を、用意しなければならない。

昼食の後、藤木さんと西山さん、堤さんは新曲の練習をする相談をしている。

「ジーグさんは練習しなくていいの？」

「おれは天才だから、練習なんて必要ないの」メンバーの中でも、一番の練習の鬼はジーグさんだと聞いていた。

晃司と良太は、練習を見にホールへ行き、淳之介とジーグさんは、部屋へ戻って座った。

「良太は愛すべきやつだけど、学校でいじめられたりはどうなん？」

小学生の時は、良太の動物と植物に関する博識で一目置かれていたので、いじめられている様子はなかった。中学校でも表立って感じたことはないが、淳之介の知らないこともあるだろう。

淳之介にとっても、良太のこれからに対する心配はある。高校になれば、いやでも別々の道をいくことになる。

「良太や晃司を見ていると、世の中の不公平さを感じる時がありますよ」淳之介のつぶやきを、しばらく考えていたジーグさんが言った。

「ン～っ、それってみんな意味があるんだろうなぁ。置かれた立場は違っても、いかに真剣に生きたかで長年の差がつくんだよ」

淳之介が答えないので、ジーグさんが続けた。

「良太は、何事にも一生懸命取り組んでいるだろう？　それが、花開かないはずないよ。遅咲きにしても、いつか自分で開かせるやつだよ」

考えるだけなら誰にでもできるが、実践してこそ力となって蓄積されていく。だから中学生の身で、長い徒歩旅行に出た淳之介たちには、目に見えない力が蓄えられているはずだよと締めくくった。

「トッド・ラングレンの『ア・ドリーム・ゴーンズ・オン・フォーエバー』って曲知ってる？」

淳之介が首を振ると、バンド活動にいき詰まった時の、自分に対する応援歌なんだと教えてくれた。

部屋に掛けてあるアコースティックギターを取り出して、ギターをかまえた。

夢は果てしなく……と歌うその曲は、もの静かなバラードの中に「凛《りん》」としたものを感じさせる。

「いい曲を教えてくれてありがとう。これ、今夜リクエストしてもいい？　良太たちにも聴かせてあげたいんだ」

「オッケー、了解！」ジーグさんがウインクをして、親指を突き出しているところへ、練習を終えたほかのメンバーがドヤドヤ戻って来た。

時間を見計らって、全員で仁さんの手伝いに行った。途中で窓を開けて確認したら、静かな雨はすでに上がっていた。

慣れた手さばきで分担をこなしていく三人を見て、メンバーは「このままずっとここで修行していけよ」などとからかっている。仁さんが、じゃまだから自分のトレイを持って食堂に行けと急《せ》き立てた。

八時五分前、今夜はどんな曲をどんな趣向《しゅこう》で聴かせてくれるのかを楽しみにホールに向かった。

二曲のリクエストを終えたら、すでに十時を回っていて解散となった。

「明日はいい天気らしいから、ビール一杯ずつ飲んだら寝ようや」ジーグさんの一言に、今夜は仁さんも一杯だけ付き合った。

週末は、宿泊客もぐっと増える。今週の土、日をもって、デン・オブ・ヴァイスの尾瀬での活動は終了する。今日は八月七日の木曜日である。

淳之介たちは、明日の燧《ひうち》ヶ岳《がたけ》登山を最後に、土曜日の早朝奥只見《おくただみ》に向けて出発するつもりだ。ジーグさんたちとあと一日しか一緒にいられないのは残念だが、また東京で会えるだろう。すでに携帯番号や住所のやりとりは済んでいる。

翌日は、太陽がサンサンと輝く上天気だった。早起きして五時半に朝食を済ませた面々が、ロッジの玄関先で合流して出発した。

淳之介たち三人は、四時半起きしておにぎり作りを手伝った。仁さんがそのことを伝えて、バンドメンバーに「この子たちに、よーく感謝しろよ」と言っている。

「おお、ありがたや。旅は道連れ、世は情け。もったいなくて涙が出るよ」ジーグさんの感謝の言葉は、あまりありがたそうには聞こえない。

晃司が、良太に教えられた水芭蕉の植物学者的知識を、仁さんに教えた。

「良太、お前すごいんじゃん」

「ぼくは、ほかのことが全然ダメだから」

「何でもかんでもパーフェクトな人間なんて、どこにもいるわけないんだぞ。何かしらひとつでも人より秀《ひい》でているものがあるってことは、素晴らしいことなんだよ」

ジーグさんの言うことに、みんな同調した。

「何でもいいものなの？」考えていたのか、少し間をおいてから晃司が質問した。

「勉強に限らず、遊びでもスポーツでも何でもいいんだ」

「ジーグさんみたいにギターとか？」

「おれのギターなんてまだまだだけどな。晃司も自分の得意なもので、これだけは誰にも負けないってのを見つけろよ。自分の周りだけの一番でいいんだから」

「ウン」と返事をした、晃司の目が輝いている。

歩きながら楽しく会話しているうちに、燧《ひうち》ヶ《が》岳《たけ》の全貌が間近に迫ってきた。至仏山《しぶつざん》より、百メートルちょっと高い。

仁さんが登山口の前で、全員に「小砂利に注意」と呼びかけて登り始めた。

最初に休憩を申し出たのは、やっぱり西山さんだった。視界の開けた岩場で、休憩をとった。

仁さんが、近くに見える山を指して「あの山は景鶴山《けいつるやま》といって、新潟と群馬の県境になっているんだ。山の右側が新潟県、左側が群馬県だよ」と教えてくれた。

頂上での西山さんは、うれしさもひとしおなのか、オオカミの遠吠えをまねている。

「あーっ、今ティガが見えた」ジーグさんが大声で叫んだので、良太と晃司が「どこ、どこ？」と言いながらそばにかけて行った。

「こらっ、ジーグ、子どもにウソつくんじゃないぞ」仁さんが怒鳴った。ジーグさんはウソついたお返しとばかり、晃司にお尻をぶたれている。

「さあ、昼めしにしようぜ」仁さんがクーラーボックスの下の方からビールを出して、またまたバンドのメンバーを喜ばせた。それぞれが、思い思いの場所に座をしめた。

「ハリー・ポッターの『百味《ひゃくみ》ビーンズ』のまねをして、今日のおにぎりは耳くそ味あり鼻くそ味ありだからね。楽しみでしょ？」淳之介がおにぎりの中味について語った。

「マジかよ？」とか「そりゃないぜ」などという声が飛び交う中、晃司が三人におにぎりを一個ずつ配って「中身が当たらない人は、次のおにぎりもらえないよ」と笑う。フキ味噌、ネギ味噌、青唐辛子味噌といった、見た目はイマイチだが素朴なおいしさの具当てクイズで盛り上がった。

片づけて下山する時間が迫ってきたので、ゴミを集めて、みんなで下山準備をした。

「勾配《こうばい》のきついところでは、回りの木につかまりながら下りるように。つかまる木がなくてすべった時は、お尻をつくこと」

仁さんに言われ、みんな素直に「はい」と元気よく返事をして下り始めた。

今日は全員無事に、下山できた。ロッジまでの帰り道は、なぞなぞ遊びや小さい頃なりたかったものの当てっこをしていたらあっという間に着いた。みんなで、仁さんにお礼を言って解散した。

淳之介たちは急いでお風呂に入って、厨房の手伝いに行った。バンドのメンバーは、今夜のライヴの打ち合わせに入ったようだ。

いつもどおり六時半の夕食の鐘は、晃司が盛大に鳴らした。お客さんは、食堂に集まった順番に食べ始める。

淳之介たちが最後の配膳を済ませて席についた時、待っていてくれたメンバーと一緒に「いただきます」をした。

「明日の朝、出発するんだって？」藤木さんが、淳之介に聞いてきた。

「はい、お盆を新潟のじいちゃんのところで過ごしたら、帰りは電車で帰るつもりなんです」

「夏休みいっぱい、ここにいろよ。仁さんが寂しがるぜ」

「誰も宿題に手をつけていない状態なんで、後が大変なんです。晃司は転校の手続きとかもあるでしょうし」

デン・オブ・ヴァイスのメンバーや仁さんとの、偶然の出会いの素晴らしさを実感している淳之介たちこそ、別れを思うと悲しかった。

「今夜のライヴ、ここでの最後の夜なんで楽しみにしてます」

「おう、おれたちも張り切っていくから」そんな会話で、夕食を終えた。

仁さんが、何時に出発するつもりかと聞いた。暑くなる前の、六時に発つ予定でいることを話した。

「じゃあ、明日のお昼用のおにぎりは、おれが用意してやるから」と言ってくれた。ロッジに五泊もして、仁さんにはすっかりお世話になった。宿泊代の計算もしておいてくれるようお願いした。

ホールへ顔を出すと、ちょうどライヴが始まるところだった。お客さんのほぼ全員が集まっているようだ。今日は仁さんも来て、一緒に座った。この場での飲物やおつまみも、仁さんにとって重要な収入源なのだろう。

今日はミスター・ビッグとジャーニーのコピーで展開し、休憩前の最後にデン・オブ・ヴァイスのオリジナルの新曲を披露《ひろう》してくれた。

夢が落ちて山となり
希望《のぞみ》が砕けて砂となる
幾千万《いくせんまん》の昔から
幾千万の人々が
幾千万時を超え
流した涙が海となる

そしてまた
幾千万の昔から
幾千万の人々が
幾千万時を超え
歯をくいしばり
夢を賭《か》け希望をつなぐ

現在《いま》、私は名もない人たちの歴史に想いを馳《は》せ
あなたとふたり酒くみ交わし
夢と希望に満ちた
宇宙の原理に乾杯しよう

さあ大地は春だ
新たなる自然の息吹を感じたら
隠れている春の妖精たちと
蒼白《あおじろ》い夜明けの中でもう一度乾杯だ

遙《はる》か昔の亡霊に「どんなことがあっても、夢や希望を捨てちゃいけないんだよ」と言われたような気がした。

「夜明け」というタイトルの曲で、後からジーグさんに詩を書き出してもらった。作

詞がジーグさんで、作曲はジーグさんと藤木さんの合作だという。

メロディは力強さの中にバラードっぽさもあって、今まで聴いたオリジナル曲のイチオシだと思う。休憩中に、そんな感想を伝えると、メンバー全員がうれしそうにガッツポーズをとった。

淳之介たちの見る、尾瀬最後のライヴが終わってしまった。ロックバンドのバラード曲は、いいクラシックに負けないほど心に響く――これは淳之介の持論だが、デン・オブ・ヴァイスのライヴで改めてそれを感じた。

「イヤッホー、さあ送別会やろうぜ」藤木さんが陽気に叫んだ。仁さんは、すでに食堂で乾杯の準備をしていた。

「この子たちの、旅の前途を祝して」藤木さんに次いで、淳之介が続けた。

「デン・オブ・ヴァイスの良さが、早く認められますよーに」

「かんぱーい」全員で、元気いっぱいに唱和した。

別れを意識して湿っぽくならないように、全員が陽気にふるまった。話題も笑えるものや楽しいものに限った。誰もが、暗黙のうちに気づかっていた。

「なごり惜しいが、明日は早いから解散しよう」仁さんの一声で、全員が部屋に引きあげた。

淳之介たち三人は、それぞれの思いを胸に床についた。明日も快晴で、暑い一日となりそうな予報だった。

ライダーと熱

翌朝、五時に起きて洗面を済ませた。仁さんひとりにおにぎりを作らせては申し訳ないので、手伝うつもりで厨房へ向かった。すでにできあがったおにぎりが、きれいに並んでいた。

仁さんはたくあんを切りながら「おはよう。手伝いはいいのに。せっかく来てくれたんなら、おにぎりをラップしてくれよ」と言って、焼きたらこと梅干しの区別を教えた。

ひとり四個ずつ用意されていた。たくあんも三等分してラップに包んだ。淳之介が宿代の清算をお願いすると、仁さんは困ったように眉を寄せた。

「本当は、もらう気ないんだけど、それじゃ君たちもイヤだろう?」

仁さんが伝えた料金は驚くほど安かった。

出発以来、一度も郵便局へ行くこともなく、まだわずかなお金しか使っていない。この先の旅程は、多少天候に左右されたとしても残りわずかである。

ロッジの玄関には、デン・オブ・ヴァイスのメンバーと、仁さんやバイトのスタッフ全員が見送りに出てくれた。

三人は裏に回り、ゴンを抱きしめてさよならをしてからティガを連れてきた。水とエサの器は、晃司が水道で洗ってから持った。

「いろいろお世話になりました。バンド活動がんばってください」最初は仁さんほかスタッフに、最後はメンバーの方を向いてお辞儀《じぎ》をした。

帽子をかぶったままの晃司に「人にあいさつする時は、帽子かぶっていちゃダメだよ」良太が教えている。淳之介に限らず、普通の中学生ならだまって見過ごしただろう。おじさんやおばさんの教えが絶対の良太にとって、自然にでる忠告なのである。

「気をつけてな。また来年来いよ」仁さんが三人の頭をなでながら言った。淳之介はジーグさんと握手して「じゃあ、また東京で」ジーグさんはもう片方の手を淳之介の頭に乗せて「おう」とだけ言った。

藤木さんは晃司の体をくすぐって「笑うなよ、それが修行ってもんだ」などと最後までからかっている。

帽子をかぶり、歩き始めた。晃司は今になって、目をウルウルさせている。振り返って「バイバーイ」大声で叫んで、盛大に両手を振った。仁さんとメンバーもまだそこにいて、手を振ってくれた。

燧ケ岳《ひうちがたけ》のふもとまでは、昨日と同じコースをたどる。そこから国道三五二号線を歩いて奥只見《おくただみ》を目指す。ダムを見学して、時間によってはそこで一泊するかもしれない。

反対側を歩いてきた女性グループが「かわいい」口々にキャーキャーと嬌声《きょうせい》を上げ、ティガを見て立ち止まった。

「おはようございます」晃司が、大人のくせにあいさつもできないのか？　とでも言いたそうにゆっくり強調して言った。その微妙な口調を感じ取ったひとりはあいさつを返したが、あとのふたりは「生意気そうなボーズ」と言ってにらみつけた。

そのふたりは、場違いなミニスカートにヒールの高いサンダルをはいている。

後を続けて「バーカ」とでも言いそうな晃司を引っぱって、淳之介が歩き始めた。

しばらく歩いてから「ああいう良識のない連中を相手にしても、腹が立つばかりだぞ」淳之介の注意したことに、良太がめずらしく意見を言った。

「たぶん、話せばいい人たちなんだよ。小さい時に親や周りの大人がちゃんと教えてあげないのがいけないいんだよ」

「そうだな」

あの人たちが、どんな環境の元で育ってきたのかわからないのに批判だけしちゃいけないと、良太にいさめられた気がした。

万引きの常習犯と言われた晃司にしても、つかまったその場で何の接触もなく別れていれば「まったく悪いガキがいたもんだ」で、おしまいになっていたかもしれない。詳しい事情がわかれば、誰も説教できるものじゃなかった。

燧ヶ岳《ひうちがたけ》のふもとまで来ると、昨日は気がつかなかった国道への標識が目についた。時計を見ると、まだ八時十分前だ。

ほかの人の邪魔にならないよう、遊歩道をはずれた場所で休憩をとった。至仏山《しぶつざん》をながめながら、尾瀬ヶ原になごりを惜しんだ。

燧《ひうち》ヶ岳《がたけ》のすそ野を半周する形で、国道へ出た。途中ひなびた温泉が二ヶ所と、滝も見かけた。

時たま車が行き交うが、国道とはいえ山の中を突き抜ける道は静かだった。

樹海ラインの標識が出ていた。確かにどちらを見渡しても、うっそうと茂る木また木の海だ。セミ時雨《しぐれ》がうるさいほど耳を打つ。ここを抜けた所でお昼にしようと話し合った。

樹海ラインも終わろうという場所で、後ろから爆音が近づいてきた。路肩《ろかた》に立ち止まって、三人とも後ろを振り返った。バイクのツーリング集団である。

「カッコいーー」晃司が叫び、淳之介も良太も見とれた。

三人の前を通り過ぎる時、一斉にスピードダウンして爆音を轟《とどろ》かせた。大型バイク特有の快い響きだ。乗り手全員が、三人に敬礼しながら通り過ぎて行った。

「すげぇ。でかくてカッコいいバイクだね」興奮した晃司が、立ち止まった姿勢のまま言った。

「ウン、どれもこれも全部ハーレー・ダビッドソンだった」淳之介も放心状態のままつぶやいた。

十五、六台はいた。再び歩き出しながら「大きなバイクで風を切って走るのは爽快《そうかい》だろうね」そんな感想を言い合っているうちに、樹海ラインを抜けた。

そこには、先ほどのハーレー集団が休憩してお昼を食べていた。良太がさっそく声をかけた。「こんにちは。ぼくたちも一緒に、ここでお昼を食べてもいいですか？」

さっきはヘルメットでわからなかったが、どの人もかなり年輩らしいおじさんたちだった。

「こんにちは、どうぞ、どうぞ。君たち歩いてどこまで行くつもりなの？」

おにぎりの包みを広げながら、東京から徒歩旅行をしてきたことを話した。どの人も一様に驚いて、あちこちから質問の矢が飛んだ。ひとりだけ二十代と思われる、お兄さんが話しかけてきた。「すごいね、君たち。おれなんか野球やっていたせいもあるけど、中学生でそんなこと考えもしなかったよ」

尾瀬で過ごした楽しい思い出を晃司が語り、自分は水上《みなかみ》で合流した万引き少年だと自己紹介している。晃司の年齢と自己紹介から、事情ありとくみ取ってくれたようだった。

食べ終わった三人が、ハーレーに憧れの熱い視線を投げかけていると「乗ってみるか？」ニコニコ顔で聞かれた。

「えっ？　いいの？」と晃司。

「悪くっちゃ、乗るかなんて言わないさ」さっきのお兄さんを含め、三人のライダーが立ち上がった。

「イヤッホー、ヤッター」

ふたり乗り用になっていないマシンが多いので、荷物の上に腰掛けるように言われた。乗り手の腰にしっかり腕を回して、エンジンがかかるのを待つ。

ドッドッドッ……ドッドッドッ……独特な三拍子の響きが、腹の底に伝わってくる。

「ヤーッ！」合図とともにスロットルを開け、走り出した。

淳之介たち三人は、それぞれヘルメットを借りてかぶっていた。晃司は頭が小さいので、タオルを入れてストラップで固定した。

風を切って走る爽快感は、パラグライダーと似た感覚だった。元の場所に戻ってからそれを伝えると、淳之介を乗せてくれたおじさんに意外そうな顔で見つめられた。

そこで、道中の月夜野《つきよの》でパラグライダーを体験し、タンデム機にも乗せてもらって空を飛ぶ快感と楽しさを味わってきたことを話した。

「おれもパラやってるんだよ。地元の宇都宮エリアへ通っているけど、月夜野のパラスクールの校長って、小倉《おぐら》さんだろ？」松本さんというそのおじさんは、数年前にパラグライダーのパイロット資格を取得しているという。日焼けした顔に真っ白な歯が印象的で、ステキに歳を重ねている。

栃木のバイク好きが集まったグループで、今日はたまたまハーレーばっかりだけどよくツーリングに出かけるのだそうだ。

休憩中は上半身Tシャツ一枚になっていたライダーたちが、出発の支度を始めた。これから新潟市まで行き、そこで一泊して明日の日曜日に栃木へ帰るのだと言う。

「じゃあ、おれたちは出発するけど、気をつけて行けよ」つなぎ姿の若い伊倉《いくら》さんが、三人に握手を求めてきた。ハーレー乗り独特の握手を教えてもらった。

ほかの人から新しいお茶のペットボトルを三本かき集めた松本さんが、餞別《せんべつ》代わりだと淳之介に渡した。

取られた人が気の毒なので辞退すると「おれたちはこの先いつでも買えるけど、こんな山の中の歩きじゃ必要だぞ。遠慮するなよ」

「ありがとうございます。ハーレーに乗せてもらって、いい思い出になりました」三人でお礼を言った。

一斉にハーレーのエンジン音が轟く。森の野鳥が驚いて、これも一斉に空へ飛び立って淳之介たちの微笑を誘った。

ライダーが、次々に走り去って行く。残された三人に、全員が手を振っていくのを忘れなかった。あっという間に、最後の一台も視界から消えた。

「行っちゃった。ぼくたちいつも見送られるばかりだったけど、見送るのって何だか寂しいね」良太が、三人の気持ちを代表するように言った。

「ほんとだな。さあ、おれたちも出発しようぜ」

奥只見《おくただみ》まで直線距離にすると短いのだが、山の地形に沿ってかなり曲がりくねった道路が走っている。お昼の時に、いつもどおりおにぎりを一個ずつ残しておいた。

バイクについて話しながら、三十分も歩いた辺りから晃司が遅れ始めた。「どうした晃司、疲れたか？」

「ウウン」とはいえ、いつもの元気がない。

顔の赤さが気になって、淳之介が手のひらを晃司のおでこに当ててみた。人の熱をそんなふうに確かめたこともないので、わかるとは思えないが真似事のようにやってみた。自分のと比べると熱い気がした。

「晃司、熱あるんじゃねぇか？　寒気《さむけ》しないか？」

「大丈夫だよ。ちゃんと歩くから」

「晃司、辛かったら言えよ。やせ我慢していると、明日に響くからな」

「ウン」

それからしばらくは、晃司も懸命についてきた。淳之介たちも、晃司を気づかってゆっくりめに歩いた。

「淳兄ちゃん、ぼくやっぱり風邪ひいたみたい。寒いもん」

良太が晃司のリュックを開け、長袖のシャツと長ズボンを出した。淳之介も自分の荷物から、ナイロンのパーカーを出して晃司のシャツの上から着せた。

山の中の道路なのでほとんど木陰になっているが、歩いていれば汗ばむ気温である。風邪なのかどうかはともかく、熱が上がっているのは間違いないようである。歩くのは辛いだろうから、淳之介がおんぶして行くことにする。

良太は三人分の荷物を持つのに、背中とお腹に一つずつ背負い晃司のは手で抱えた。そのうえ、ティガのヒモも持つ。

「ごめんね。迷惑かけてごめんね」しきりに謝る晃司を制して、先のことを考えた。このルートをたどって一番近い宿泊施設は、おそらく銀山平《ぎんざんだいら》だ。

とりあえずは、そこまで急ぐしかないだろう。晃司は小柄だが、三十キロ前後はあると思う。果たして、最後までおぶっていけるのか自信もなかった。時々背中の晃司に声をかけながら、できる限り急いだ。

途中で何度か休憩をとり、四時半近くには銀山平《ぎんざんだいら》に着いた。晃司は熱のせいか、呼吸が浅い。「銀山荘」に入って事情を説明したが、医者も病院も小出《こいで》にしかないと言われた。

「子ども用の解熱剤《げねつざい》があるから、それを飲ませて様子をみれば」宿のご主人に言われたので、部屋と一緒にお願いした。

ご主人は「星野」だと名乗り、淳之介たちも自己紹介した。魚沼《うおぬま》の今泉《いまいずみ》にいる祖父を訪ねる旅の途中であることを話すと、ここも魚沼市なんだと言われた。

あの中越地震のすぐあとに、いくつかの町村が合併し「魚沼市」となったのだと教えてくれた。

星野さんも、東京から歩いてきたことにはビックリしていた。晃司に氷まくらと解熱剤を用意してくれながら、これまで何度もされた質問が飛んだ。

晃司に薬を飲ませ、おとなしく寝ているように言い置いて部屋を出た。明日の朝まで様子をみて熱が下がらない時は、緊急事態としてじいちゃんに電話をして迎えを頼もう。

母の弟である息子に代を譲ったが、じいちゃんもまだ現役の医者として仕事を分担している。

淳之介は晃司をおぶってきたせいで、背中と腕が痛かった。おそらく明日は、筋肉痛に悩まされることだろう。

　同情した星野さんが、風呂から上がったらマッサージをしてやるよと言ってくれた。こんな人気《ひとけ》のない山の中で商売していると、何についても少しずつかじる程度の知識が必要なんだと言う。

　マッサージは専門のトレーナーについて勉強したし、ちょっとしたケガの治療もやるらしい。晃司の熱にしても、そう心配することはないはずだと言った。

　内科や小児科の治療はできないが、長年にわたって培《つちか》った勘はそうはずれたことがないそうだ。

　それを聞いて、淳之介も良太もひとまず安心した。星野さんには、言葉でというより安心感を抱かせる雰囲気があった。

　それは仁さんにも感じたことで、大勢を預かって世話する立場の人に共通する特質なのかもしれない。

　外が急に暗くなって、また突然の激しい雷雨が襲ってきたが、今回は銀山荘の中なので心配することもない。

星野さんが、一時的にティガを玄関に避難させてくれた。そこでご飯をあげることも許してくれたので、エサと水をあげた。

良太が窓から外をのぞきながら、尾瀬での落雷を星野さんに話している。「そりゃ危なかったな。山あいのこの辺は雷が多いんだよ」と言う。

今日は土曜日なので、ほかにも数人の宿泊客がいるらしい。尾瀬でロッジの食事の手伝いをしてきたことを話し、ここでも手伝いを申し出た。

予約客の多い週末や祭日だけアルバイトを雇い、普段は奥さんとふたりで切り盛りしているという星野さんは、喜んで「頼むよ」と言った。

晃司の様子を見に部屋へ行ってみた。薬が効いているのかすやすやと眠っていたので、星野さんの手伝いをしに厨房《ちゅうぼう》へ向かった。

夕食の後片づけを終えてお風呂に入ったら、星野さんが部屋にきてマッサージをしてくれた。普段は使わない筋肉が、晃司をおぶったことで悲鳴を上げているようだった。それが徐々にほぐれていくのがわかって、気持ちよかった。

マッサージの後、鎮痛《ちんつう》ローションを塗ってくれた。背中全体がスッと軽くなったような気がした。

晃司が目を覚ましたので、具合を聞いてみた。「お腹すいた」情けなさそうな答えに、星野さんを含めみんなで笑ってしまった。

淳之介と良太は、安堵感《あんどかん》も手伝って晴れやかな笑い声をあげた。

「ヨシ、用意してやるから待ってろ。おかゆがいいか？」星野さんが熱を調べながら聞いた。「普通のご飯が食べたい」

「熱は下がったようだけど、一応体温計で計っておけ。飯を持ってくるから、お兄ちゃんたちに教わって汗を流してこいや。長湯《ながゆ》はダメだぞ」星野さんが部屋を後にした。

薬を飲む前に計った時は三十八度五分あった晃司の熱が、四時間後の今は平熱に落ち着いていた。

お風呂の場所を教え、淳之介たちは洗濯機を借りて、晃司が脱いだものも一緒に突っ込んで回した。晃司はさっと洗ってシャワーを流すだけで出てきたので、五分もかからなかった。

熱が引くと同時に晃司の食欲も戻ったようで、星野さんが部屋まで運んでくれたご飯をおいしそうに残さず食べた。

「暑気《しょき》あたりの熱だったんだろう。もう大丈夫だと思うけど、念のためもう一回十時過ぎに薬を飲んで寝なよ」

晃司の食べたお膳を持って、淳之介は星野さんと一緒に部屋を出た。「ありがとうございました。午前中は何ともなさそうだったから、突然の発熱にびっくりしちゃって」

「たいしたことなくて、良かったなぁ。疲れがたまっていたんじゃないか？」

星野さんの問いかけに、年下の晃司を自分たちのペースに合わせ過ぎたことを反省させられた。成長期の二歳違いは、想像するより大きいのかもしれない。

洗い物を済ませてから、洗濯が終わったか見に行った。空いているロープに、洗濯物を干して部屋へ戻った。

「デン・オブ・ヴァイスのライヴはそろそろリクエストタイムだって、良太兄ちゃんと話していたんだ」淳之介が時計を見ると、なるほどもう九時半過ぎている。明日のライヴを最後に、東京に戻るメンバーを思った。

見た目はすっかり元気そうな晃司が、急に下を向いて謝った。「淳兄ちゃん、良太兄ちゃん、迷惑かけちゃってごめんなさい」こういった場面で、六年生の晃司がきちんと謝れることに驚いた。

「晃司、熱はどうしようもないことだから、迷惑だなんて思うことないんだぞ。おれたちこそ、小《ち》っちゃい晃司のことを考えずにペースダウンしなくてゴメン」

小っちゃい晃司という言い方が気に障《さわ》ったらしい。「ぼくを勉強とゲームばっかしてるような、都会のもやしっ子と一緒にしないでよ。体は小っちゃくてもワイルドなんだから」その言い方と、晃司のふくらんだほっぺが淳之介たちの笑いを誘った。

「確かに晃司はワイルドだ。そのくせ、ちゃんと謝ったとこもエライ！」

「そのくせは余計だよ」淳之介が我慢できずに、声を立てて笑った。ただ山の朝は早いので、隣の部屋を気づかって笑いは抑えた。

「オッケー、了解！　じゃあ、また明日がんばって歩けるように寝ようぜ。晃司はちゃんと薬を飲めよ」

「オッケー、了解！」

「まったく。フジ子ちゃんじゃないけど、晃司には負けるよ」

淳之介が歯磨きセットを出すと良太も晃司もならって、三人そろって共同洗面所に向かった。

「この薬さ、すっごく苦い粉なんだよ」

「良薬《りょうやく》口に苦し」母ちゃんの受け売りのことわざを、良太が口にした。

相手が大人であろうと口の減らない晃司だが、不思議と良太には従順だ。

部屋に戻って窓を開けてみると、集中的な雷雨はとっくに止んでいたようだ。涼しい夜気《やき》と一緒に、馥郁《ふくいく》とした花の香りが漂ってきた。

晃司の突然の熱に心配した午後だったが、どうやら明日もまた一緒に歩けるようだ。窓を閉め、おやすみを言い合って床に就《つ》いた。

銀山湖の遊覧船

激しい雷雨に洗い流された山全体の緑が、残るしずくを朝日に照らされて誇らしげにきらきら輝いていた。

星野さん夫妻が玄関先まで出て、朝早い三人の出発を見送ってくれた。星野さんが晃司の頭に手を置いて、髪の毛をくしゃくしゃにしながら言った。

「もう少しだから、気をつけて歩くんだぞ」

「はい。お世話になりました」

淳之介たちもお礼を言って、ティガとともに出発した。晃司は寝ていろと止められたのを振りきって、朝食の手伝いとおにぎり作りも一緒にやった。

厨房《ちゅうぼう》でのあいさつの後、晃司は星野さん夫妻にきちんとお礼も言った。尾瀬からの道中に、良太が言ったことを考えて実践しているようだ。

奥只見《おくただみ》ダムへ寄り道すると、今日中にじいちゃんの家まで行くのは無理だ。三人で相談しながら歩いた。

「せっかくのチャンスじゃん、ダムまで行こうよ」晃司の意見に、淳之介がクスッと笑った。それを聞きとがめて、文句を言いたそうな晃司を制した。

「そうだよな、チャンスだよ。チャンスは逃しちゃいけねぇぜ」

地図を開き、確認した。奥只見《おくただみ》へ寄った後、大湯温泉《おおゆおんせん》か折立温泉《おりたておんせん》まで行ってもう一泊することに決めた。

「そうと決まれば、レッツ・ゴー」淳之介のかけ声に、ティガがうれしそうに一声鳴いて答えた。

奥只見湖《おくただみこ》を半周する形で、ダムに向かった。湖面に反射する朝日がまぶしい。まだ早いので動いていないが、湖を一周する遊覧船があるようだ。

湖面にプカプカとのんびり浮いている遊覧船を指して、晃司が叫んだ。

「見てあれ、あの船に乗ってみたい。ぼく船に乗ったことないんだもん」

「オッケー、了解！　チャンスだな晃司」すっかり仁さんの口ぐせがうつっている淳之介を、良太と晃司がからかった。

九時前に、奥只見ダムへ到着した。水力発電所の中を見学してから、遊覧船に乗ることにする。

チケット売りのおじさんが、方言となまりを交えて聞いた。よく聞き取れなくて、三回も聞き直した。どうやら「子どもらだけで、どっから来たんだ？」と言っている。後に並んでいる人がいないのを確認して、晃司と良太が説明している。

「あれま、たまげたのぉ。東京から歩いて来たがん？」おじさんはあごひげあざらしの「タマちゃん」のようなかわいらしいまん丸の目を見開いて、いったん受け取ったチケット代を戻した。

「遊覧船は、おっちゃんがおごってやる。船長に頼んでいつもより長く回れって言ってくるんなんが、ちっと待ってれ」

チケット売り場を無人にしたまま、おじさんは裏からどこかへ消えた。三人で顔を見合わせた。晃司が立てた親指を突き出して「ラッキー」とつぶやいた。

さすがの晃司も、本当にいいのかな？　という感じで、辺《あた》りをはばかっているようだ。

　親子の四人連れが、淳之介たちの後ろに並び「誰もいないの？」と聞いてきた。

「今、ちょっと用足しに行ったようですが、すぐ戻ると思います」

　文句を言いたそうな奥さんの先を制して、だんなさんが「こういう田舎ののんびりしたとこがいいよな？」淳之介たちに向かって言いながら、自分でうなずいてはニコニコしている。

「はい、いいですね」良太がニコニコ笑いをお返しした。

「イヤー、お待たせしてすまんです」大汗をかいて、ゼーゼーしながらおじさんが戻ってきた。

「君たちはもう済んだからいいよ。あっちの乗り場で待っててちょうだい。はい、次の方どうぞ」戻したお金を、おつりでも渡すように淳之介の手に押しつけた。

　親子連れが乗り場に向かうのを待って、三人でお礼を言った。タマちゃんおじさんは、片手をヒラヒラ振って「いいって、がんばってる少年たちには応援したくなるんが、おっちゃんの癖なんだて。気にすんないや」

三人でもう一度お礼を言い、ティガを指して、どこかつないでおける場所がないか聞いた。

「あれま、めごい小犬だこと。おっちゃんがここで預かっとくよ」

ティガを頼み、遊覧船乗り場に向かった。

船長らしきおじさんが、片手を挙げてあいさつした。あいさつを返した後「よろしくお願いします」三人できれいにハモったので、待っている人たちみんなの微笑を誘った。先ほどの親子連れの奥さんにも、笑顔が戻ったようだ。

淳之介は自分を振り返っていた。もともと自分の方から、元気な声であいさつすることすら苦手だった。良太の影響もあるのだろうが、旅の中で多くの人の親切に接していると、無理なく素直な気持ちになっている自分がいる。そうなると、自然に声も出るようになるものらしい。

淳之介たちを含め、七組のグループが乗船したところで出航した。ガイドらしき説明は何もない。船長さんが、三人を手招きして呼んだ。

操舵室《そうだしつ》で、晃司から始まって三人に少しずつ舵《かじ》をとらせてくれた。みんなめったにできない経験に大喜びだ。

タマちゃんおじさんが、自分で聞いた徒歩旅行のことをそっくり船長さんに伝えたようで、いろいろ質問された。

「おれも現役を退《しりぞ》いたら、元気なうちにそんなのんびり旅をしたいなぁ」船長さんが、しみじみと言った。

「その気になれば、いつだってできますよ。あんまりお金かかんないもん」良太の言葉に、船長さんは涙をこぼして大笑いした。

「そうだよな、何事もその気が大事なんだよなぁ」良太の頭を帽子の上からクリクリなでて、まだ笑っている。

「おれはしがない遊覧船の船長だけど、この仕事が大好きだ。あと三年で定年なんで、その先の不安を抱えていたけど、君たちのおかげで希望が持てたよ。ありがとう」

心なしか、船長の目がうるんでいるようだった。

「ぼくたちこそ、船の運転をさせてもらってありがとう」三人は、船長と堅い握手をして操舵室を後にした。

魚がいっぱいいそうな、深いエメラルドグリーンの水を見ながら、どんな魚が住んでいるか当てっこをした。晃司は、海の魚と川や湖の魚の区別がわかっていなくて「そりゃ、海にしかいない」と良太に指摘されてばかりいた。

「さんま」勢い込んだ晃司の答えに、近くにいた高校生らしきお兄さんがクスッと笑った。晃司が「一緒にやろうよ」と誘ったとたん、笑顔が消えて移動して行った。

「なんかさ、前に家族と来た時より、遊覧時間長い気がするんだけど……」女性四人グループのひとりの、そんな声が聞こえた。三人は、顔を見合わせて笑った。

秋の紅葉の時期に来れば、また素晴らしいながめを楽しめるに違いない。湖の周りに目を転じた淳之介は、いつかまた絶対来ようと思った。

一時間近い遊覧船の旅を終えて、元の乗り場に到着した。最後に船長さんにもう一度お礼を言って、その場を離れた。

「そろそろお昼だね」晃司が言っているところへ、タマちゃんおじさんが「オーイ」と言いながら駈けてきた。手にはたこ焼きだの草餅だのを抱えている。

「あんさんたち、お昼どうだい。一緒に食ぉいや」

「くぉいや？　おじさんそれ何語？」

「あはは……新潟弁はわからんけぇ？　一緒に食べようちゅうこった。こっちこいや」

おじさんが案内したところは、売店わきのベンチで、船長さんも交代時間なのか三人を待っていた。

「おれが君たちと一緒に昼飯食おうって、山本さんを誘ったんだ」船長さんが笑って、席を移った。

「ぼくたち、銀山荘の星野さんにおにぎり作ってもらったんです」

「おー、夕べは銀山荘に泊まったんか。いい人たちだろ？　みんな身内みたようなもんだ」

「これは、うちの母ちゃんが作った草餅だ。きな粉をつけて食ってみ、うまいから」

タマちゃんおじさんの山本さんが勧めた。

「みんな育ち盛りの男の子なんだから、たんと食えや」

草餅を食べた晃司は、じいちゃんがずっと前に作ってくれたのと同じ味だと言い、うまいを連発している。山本さんも船長も、そんな晃司に目尻《めじり》を下げている。

草餅はあっという間になくなったので、淳之介たちがおにぎりを出した。「星野さんの心づくしなので、みんなでいただきましょう」

山本さんも船長も、おにぎりをひとつずつとった。

残ったおにぎりは、歩き疲れた夕方に食べるようリュックにしまった。山本さんが、空になったペットボトルに売店の大きなやかんから麦茶を補充してくれた。

山本さんや船長さんにお礼を言ってさよならし、朝来た道を戻った。

三時半に銀山平《ぎんざんだいら》の道へ戻った。少し休憩をとって、大湯温泉《おおゆおんせん》を目指して歩き始めた。

晃司を先頭に歩かせ、淳之介も良太も時々声をかけた。何度目かに、晃司がとうとう振り返って断言した。

「ふたりとも、いい加減にして！　過保護過ぎるよ」

朱美《あけみ》おばさんが言ったとおり、大好きなじいちゃんを亡くしたばかりの晃司にとって、旅に同行したことは結果的に良かったのだと思えた。

五時近く、栃尾又温泉《とちおまたおんせん》に着いた。大湯《おおゆ》まではもう一息といったところだが、晃司の様子次第でここに一泊するのもいい。

「休憩しまーす。ああ、腹減った」晃司はすでにリュックからおにぎりを引っ張り出している。良太は、ティガの水を優先した。

ここに泊まるか、あと三十分ほど歩いて予定どおり大湯温泉《おおゆおんせん》まで行くか、晃司に打診してみた。地図を開いて見せると「たった三十分？　じゃあ大湯温泉」晃司が即答した。

六時を少し回ったところで、大湯温泉に到着した。「ほんとに三十分で着いちゃったね。淳兄ちゃんがテキトーに言っただけかと思ってた」

淳之介にしても、確たるものがあって言ったわけではない。ここ何日かの経験から、地図でおよその時間が見当つくようになっていた。

「さて、どこに泊まるかな？」

「一番豪華なホテル」

「よーし、じゃあああそこだな」晃司の要望に答えて淳之介が指した宿は、民宿っぽい古びた木造の建物だった。

「一泊いくらか聞いてこようぜ」

人の良さそうな宿のおばさんが「子どもだけで東京から歩いて来た……」問われるままに答えていたら、五千円からだんだん下がって三千円になった。

「おばちゃん、安くしてくれたお礼に、ぼくたち食事の支度手伝ってあげるからさ。プロ級だから、安心してまかせていいよ」晃司は生意気なことを言って、自分たちを売り込んでいる。

「そりゃあ、頼もしいこったのぉ。どうぞ、上がらっしゃい」ティガは、庭の隅の木につないでおくように言われた。

外観は古いが、部屋は今までで一番旅館らしかった。おばさんがお茶を入れてくれ、お菓子も勧めた。手伝いが本気であることを言うと、もう準備は済んでるから気持ちだけでうれしいと言う。

「そんなに長いこと歩いて来たんじゃ、疲れたでしょう。食事は部屋に持ってくるんで、それまでゆっくり温泉に入ってこらっしゃい」言い置いて、子ども用の浴衣《ゆかた》を取りに行った。

「わーい、温泉だ、温泉だ」晃司は温泉に入るのは初めてだと、大はしゃぎだ。浴場は広いとは言い難いが、ほかのお客さんは誰もいない。三人で輪をつくり、お互いの背中を流し合った。汗だけ洗い流す程度の洗濯もした。

晃司は湯船の中で、泳げないことを白状して教えてくれと言う。

晃司と良太の顔が赤い。昨日の夜、星野さんが「長湯《ながゆ》はいけない」と言ったことを思い出した。

「のぼせないうちに上がろうぜ。晃司、泳ぎは風呂じゃ無理だよ。また後でな」脱衣場で、また背中を拭《ふ》き合ってから浴衣を着た。

部屋へ戻ると夕食の用意をして、おばさんが待っていた。晃司の浴衣の合わせが逆だと、笑いながら直してくれた。

おばさんが、ご飯をよそってくれながら聞いた。「お湯加減はどうでした?」

「ぼくね、温泉に初めて入ったけど、すっごく気持ちよかった」

「そりゃよかった。うちのは温泉でも湯舟が小さいからのぉ。さぁ、どうぞ食べてくらっしゃい」

「いただきまーす」

「山ん中の宿なんで、山菜が多いから子どもさん向きじゃなくて悪いのぉ」おばさんが恐縮《きょうしゅく》している。

確かに山菜のおかずが多いが、都会では味わえない素朴さがうれしかった。特別に作ってくれたらしい厚焼き卵は、中がトロふわで絶妙な甘みが何ともおいしい。みんな気に入ったようで、あっという間になくなった。

魚の煮付けもおいしかった。良太が魚の名前を聞いている。

「銀ダラですよ。そう、おいしいですか。お腹すいたでしょうから、おかわりしてくださいのぉ」

次々と差し出されるおかわりに、おばさんの目尻は下がりっぱなしだ。

「若い人たちが、モリモリ食べるのを見ているのは気持ちいいもんだのぉ」

ご飯だけでも、甘みがあってうまいのだ。良太がそれを話すと、おばさんが「ここは、新潟でも魚沼《うおぬま》産のこしひかりとして有名な米どころだんがねぇ」ちょっと自慢そうに、胸を張った。

食事の片づけを、みんなで手伝った。おばさんに聞きながら、自分たちでふとんも敷いた。こっちの仕事をとっちゃダメだと、おばさんが笑いながら言う。

「宿代を安くしてもらったから、それぐらいしないと申し訳ないです」

「おばさんも歳とともに『今どきの若者は……』なんて言いがちなんだけど、あんさん方には感心することばっかりですよ。これからは、十把《じゅっぱ》ひとからげのように言わないことにしますよ」

「大勢の中に入れば、おれたちだってみんなと同じですよ」

「ホントにねぇ、そんなものなんでしょねぇ。じゃあ、ゆっくりやすんでくださいね」おばさんの名前は、仲丸《なかまる》さんというそうだ。

「ねぇ、修学旅行の宿ってこんな感じ?」晃司が聞いた。

「もっと大部屋だから人数も多いけど、雰囲気は似ているよな」晃司は、この春の修学旅行に参加できなかったと言うから、似ていればうれしいのだろう。

三人で尾瀬での思い出話に盛り上がっていたが、ほどなく良太と晃司の寝息が聞こえてきた。

早とちり

仲丸のおばさんが、お昼用のおにぎりを用意してくれた。麦茶を三本、ティガ用に水までペットボトルに入れてある。

料金の精算をし、送りに出てくれたおばさんにお礼を言って出発した。

「最後まで気を抜かないで、車に気をつけてのぉ」おばさんは、カーブで見えなくなるまで手を振って見送ってくれた。

「そろそろ、どっかいい場所見つけてお昼にしよう。腹ペコだよ」晃司が言った時は、湯之谷《ゆのたに》のはずれまで来ていた。

学校の建物らしきものが、通りから見えた。その校庭まで行って、部活をやっていたら見学しながら食べようということになった。

建物は小学校だった。お昼どきのせいか、校庭には人かげもなく閑散《かんさん》としていた。

大きな桜の木陰でお昼にしようと校庭を横切りかけたとき、キャンキャンと犬の悲痛な鳴き声がした。

すべり台の陰で制服を着た中学生の男子ふたりが、かがんで犬をいじめている。リュックを下ろした淳之介が駆けだした。晃司たちも続いた。

横たわった犬の足にさわっている奴の顔を、淳之介は思いっきり殴《なぐ》った。無防備のままいきなり殴られた相手は、勢いよく校庭に転がった。

「痛てぇ《い》な、なにすんだよ」起きあがりながら怒鳴って、淳之介の顔にパンチの仕返しを入れた。真っ白い制服のシャツも黒いズボンも、乾ききった校庭の土で赤茶色になっている。

「動物をいじめつくした奴が、しまいには人間まで殺すんだ」淳之介は怒鳴り返しながら、立ち上がった相手を殴る。

「何だと？　お前こそそんな人間なんだろ」相手も熱くなって、攻撃してきた。

殴り合いが始まった時は、もうひとりの中学生も良太たちも呆然《ぼうぜん》としていた。

「じゅ、淳ちゃん、やめてよ」オロオロと言う良太は、泣き声も混じって心配そうだ。

ティガもその場の雰囲気を察して、しきりに吠える。

「良太、危ないからどいてろ」振り返って注意する淳之介のスキをついて、左頬に強烈なパンチを見舞われた。

今度は、淳之介が校庭に転がった。用心しながら立ち上がってはみたが、土ぼこりが目に入って痛いのと、殴られた痛みでクラクラする。

ふたりの顔は、汗とほこりでだんだら模様だ。真昼の炎天下での殴り合いなので消《しょう》耗《もう》が激しく、両者ともにらみ合いながら肩で息をしている。

「ストップ。ふたりともやめて」震える声で両手を広げた晃司が、ケンカしているふたりの間に立った。

「あの犬は、さっき車にはねられてケガをしているんだって」

ふたりがケンカを始め、良太がオロオロしている間に、晃司はもうひとりの中学生に聞いたらしい。

「そうだよ。この野良犬は、すぐそこの道を飛ばしてきた車にはねられたんだ」ちょうど通りがかったふたりが、すべり台の陰に運んでケガの具合を見ているところだったのだという。

犬は右足の付け根の辺りをやられたらしく、ちょっとさわっただけでも痛そうに鳴いた。その時、いきなり殴りかかってきたのが淳之介だった。

拍子抜けした淳之介は、犬の隣に寝転んだ。疲れたのと、足の力まで抜けたようで立っているのが辛かった。

ケンカ相手の中学生も、淳之介の隣にドサッと寝そべった。そちらに顔を向け「おれの早とちりで、殴っちゃってゴメン」息づかいも荒いまま謝った。

「ウン、いきなり殴られたからたまげた。最初のパンチは効いたよ」

「おれも、最後のパンチは最高に効いた」淳之介の返事に、相手がクスクス笑った。淳之介も笑い始まったら止まらなくなった。だんだん大きくなるふたりの哄笑《こうしょう》が、青空に浮かんだ雲に吸い込まれていった。

「淳兄ちゃんの攻撃、すごかったね」晃司が感心したように言う。

「ウン、おれ抵抗できない動物をいじめる奴が一番許せない。でも、これからはちゃんと確かめてから殴ることにする」

ケンカしたふたりは、校庭の隅にある水場に向かった。頭から水をかぶってほこりを洗い流した。

淳之介のTシャツは右の脇の下が大きく破れ、ほこりをかぶったまま水をかけたので無惨な状態だ。相手も同じような状態で、お互いを見やって吹き出した。

「おれ、村上淳之介。東京から歩いて旅をしてきたんだ」

「えっ？　うそー」相手は、疑いの眼差《まなざ》しのまま名乗った。

「おおももしょう」と言う名前が聞き取れないでいると、「大桃翔」と地面に大きく書いてくれた。淳之介と同じ中学二年で、野球部の練習帰りだという。

「淳ちゃん、この子なんとかしてあげないとかわいそうだよ」ティガとともに、ケガした犬を見守っていた良太が叫んだ。

「あっ、そうだ。ケンカの原因のことを忘れてた」放り出した荷物を抱えて、みんなで良太の所へ走った。

「たぶん骨折しているよ。獣医さんに見てもらった方がいいな」

淳之介の言葉に、翔が答えた。「おれんちすぐそこだから、母ちゃん呼んでくる」

動物病院まで車なら十分ぐらいらしい。

「まあ、なに？　あんたのその格好！」おばさんの怒鳴り声が、待っているみんなの耳にまで届いた。本当に近いんだ……と思いながら、淳之介は自分が怒鳴られたかのように首をすくめた。

すべり台の近くの道路へ車を回して、降りて来たおばさんは太っていた。淳之介を見て「じゃあ、あんたがケンカの相手？」

「はい。おれの勘違いで、ごめんなさい。犬をいじめているのかと思って」おばさんの勢いに、普段は冷静な淳之介もタジタジだ。

「あんたたちみたいに汚い子は、あたしの愛車に乗せられないよ」広げた段ボールに、ケガをした犬を乗せながら怒鳴った。言葉は乱暴だが、犬を扱う手は優しかった。

「まったく、犬だってりっぱな生き物なのに、ひき逃げするなんて」ブツブツ言いながら、犬が痛がらないよう慎重に乗せた。

「じゃあ孝治君、そっち持って」コウジと言われ、晃司がキョトンとしている。翔の仲間のもうひとりが孝治君だった。

「あんたたちは、うちでシャワーを浴びて待ってな」車に乗り込んだおばさんが、ハンドルをクルクル回して窓を開けながら言い、孝治君を同乗者にガタピシと発進した。おばさんの愛車は、バンパーのへこんだ古い軽《けい》だ。

翔が家に案内してくれた。淳之介と翔は玄関で服を脱ぎ、トランクスだけになって一緒に風呂場に向かった。

ティガは庭先でエサと水をもらい、良太に「よしっ」と言われるのを待っている。期待に目を輝かせて良太を見上げているティガは、どんなに凍りついた心をも溶かすほど愛らしかった。

シャワーを浴びているふたりは、殴り合ったのがウソのようにすっかり意気投合している。「うちの母ちゃん、がらっぱちだけど面倒見もいいし、曲がったことが大嫌いなんだ」着替えたあと、お互いの顔のあざや傷を点検し合った。

「あーあ、色男がだいなしだな」鏡に映った自分の顔をながめながら、翔が笑った。淳之介に向かって「今のは、お前のために言ってやったんだからな」

笑い合っているふたりの後ろで、晃司がぼやいた。「ねぇ、ぼくの腹ペコもう限界なんだけど」その言葉には、大事な兄を取られた弟のようなやきもちが含まれていた。

時計は、とっくに一時を回っていた。居間のテーブルで、仲丸のおばさんが持たせてくれたおにぎりを頬張った。おばさんはおにぎりのほかに、保冷剤入りで鶏の唐揚げと野沢菜の漬け物も入れてくれていた。

淳之介と翔は、口を開けるたびに「痛いっ」と言い、梅干しが傷にしみると言っては笑い合った。

「おれ、梅干しって好きじゃなかったけど、これすげぇうまい」翔が、おにぎりを味わいながら言った。

「お腹がすいていれば、何だってうまいよ」空腹のひもじさを経験している晃司は、食べ物に対して感謝の気持ちを表してから食べる。

「淳ちゃん、今日も一個ずつ残しておくの？」良太が聞いた。

「いや、ここから一時間もかからずにじいちゃんちだから、今日は全部食っちまっていいよ」

「ヤッター」晃司も良太も、手にした最後のおにぎりにかぶりついた。

犬の治療を終えて、おばさんと孝治君が戻ってきた。「骨折しているから、何日か入院させなくちゃいけないってさ」

「ちゃんと治るって？」骨折したのは骨盤なので、手術はできないそうだ。固定して、自然治癒《ちゆ》を待つしかないらしい。

「あんた、あの犬どうするつもり？」

「うちで飼ってやっちゃダメ？」

「あんたが毎日散歩させてやるんならいいよ。保険がきかないから、治療代高いね。あんたのこづかいから引くよ」

「えーっ、それは勘弁してよ。散歩はちゃんとさせるからさ」

「アハハハ、冗談だよ」

徒歩の旅をして、じいちゃんの家のすぐ近くまできた来たことが話題になった。

「マジで歩いて来たとはなぁ。絶対ウソだと思ってた」翔が言う。

おばさんは、淳之介のじいちゃんを知っているそうだ。

「病院は小出《こいで》が近いから、治療でかかったことはないんだよ」

じいちゃんの講演を聴いて以来、ファンなのだそうだ。この辺では、結構有名人らしい。

翔と住所や電話番号を交換し合い、おばさんに翔を殴ったことを謝ってからお世話になったお礼を言った。

「あたしの代わりに、翔をガツンとやってくれたお礼を言いたいほどだよ」ニヤッとしてから豪快に笑った。

家の前で記念写真を撮ろうということになって、ティガも含めて六人が並びおばさんにシャッターを押してもらった。

両側を田んぼに囲まれた通りを、しばらく歩くと橋があった。橋から下の川をのぞくと、流れは速いが水は浅い。

「この川のずっと上流は渓谷《けいこく》なんだけど、そこにはヤマメとかイワナがいるよ」一回だけ、じいちゃんと車で山奥の渓流釣《けいりゅうつ》りに行った時のことを思い出した。

地元の小学生数名がヤスを持ってもぐり、ヤマメやイワナを突いて浮かんでくるのを感心して見ていた記憶がある。結局何もつれなかったじいちゃんを気の毒がって、小学生は自分たちが捕った魚を分けてくれた。

庭でバーベキューしたその晩、炭火で焼いたヤマメのうまさは格別だった。じいちゃんも目を細めて味わいながら「これこれ、これこそ天然の味だな」と喜んでいた。

おじさんが「じいさんに釣られた魚じゃ間抜けだから、これほどうまくなかっただろうな」と言うと、じいちゃんは大声をあげて笑ったものだ。

雨がポツポツ降ってきた。もうすぐ最終目的地に到着することで高揚した心は、多少の雨なんてものともしない。そんなみんなの気持ちが伝染したのか、ティガもはね回って興奮している。

通りから広々とした田んぼをはさんで、じいちゃんの家が見えた。立ち止まって、みんなに「ほら、あれがじいちゃんちだよ」と指して教えた。

「ヤッホー、とうとう着いたんだね」良太が叫んだ。

「じいちゃんちまで、かけっこで行こうよ」晃司は言いながら、自分ひとり抜けがけして走り出した。

小雨の中を、三人と一匹がかけ出した。先頭を行く晃司に「そこを右に曲がれ」後ろから淳之介が叫ぶ。

　集落の始まりの交差道路で、晃司が立ち止まった。「まっすぐだ」淳之介の指示に、また走り出した。

「あらっ、淳ちゃんじゃないの。遊びに来たがん？」近所のおばさんが、玄関先で声をかけた。

「こんにちは。友だちを連れて遊びに来ました」走ってきたせいで、ゼーゼーと息を切らせながら答えた。

　振り返った晃司に、指でじいちゃんの家を教えた。

「淳兄ちゃんのじーちゃーん」晃司の叫び声に、じいちゃんが玄関を出てきた。時計を確認すると、四時四十分だった。

母の実家

「やっと来たな、わんぱくどもが。待ちくたびれとったぞ」

両手を広げたじいちゃんの胸に、晃司、淳之介が続いて飛び込んだ。ちょっと遅れた良太とティガが、じいちゃんの胸を独り占めした。

「走ってきたがんか？　そんなにみんな息を切らせて、まあ」じいちゃんはひとりひとりの頭をなでた。

「無事でよう来たの、歩きの旅はきつかったか？　早く上がって、風呂に入らねばびしょぬれだな」

おじさんの奥さんのマッチおばさんが「いらっしゃい」と出迎えた。

「真智子さん、まずは風呂だて。早く用意してやれや」

三人で一緒に、押し合いへし合いしながら風呂に入った。夕べの温泉の時のように、

輪になって背中を洗い合った。ふたり用の湯船だが、三人で一緒に入ったらお湯がザブザブこぼれた。

風呂から上がると、おばさんがケーキと冷たい紅茶を用意してくれた。「ウヒャー、うまそう」と言う晃司を制して、良太がじいちゃんとおばさんの前に座った。晃司も淳之介まで並んで座った。

「ぼくは、山崎良太です。淳ちゃんとは幼稚園の頃からずっと友だちです。この度は、お世話になります」

「ぼくは、谷田部晃司です。淳兄ちゃんと良太兄ちゃんが、水上《みなかみ》で万引きしてつかまったぼくを助けてくれました。じいちゃんの葬式にもいてくれて、一緒に旅にも連れてきてもらいました。よろしくお願いします」

良太も晃司も、立派なあいさつをするものだから、淳之介までふざけて続けた。

「ぼくは、村上淳之介です。友だちを引き連れておじゃましました。どうぞよろしく」

じいちゃんが、ニコニコしながら「みんなきちんとしたあいさつができて、エライのぉ」とほめた。

ケーキを食べながら、良太が「お母さんの前で、ちゃんとあいさつできるか練習させられたんです」バラして笑った。

「ぼくは、良太兄ちゃんのマネをしただけ」「おれも」そんな三人を見て、うなずきながらじいちゃんはうれしそうだ。

マッチおばさんも「いい子たちだわね。こちらこそどうぞよろしく」と笑って言った。

「おばさんの名前が真智子さんなんで、マッチおばさんって呼んでる。みんなもそう呼んでいいよね？」

「どうぞ、淳ちゃんと同じように呼んでちょうだい」

淳之介の顔のあざを見つけたおばさんが「どうしたの？」と聞いてきたのに、答えたのは晃司と良太だった。

診察室につながる廊下を、スリッパの音とともに『少年時代』を朗々《ろうろう》と歌いながらおじさんが近づいて来た。

「やあ、いらっしゃい。どうやら無事に着いたな。あれっ？　俺の目、急性の乱視かな？　良太がふたりに見えるぞ」リビングに顔を出したおじさんが、目をこすってふざけた。晃司と良太がクスクス笑って、大きな声で「こんにちは」と合唱した。

「はい、こんにちは。こりゃいいな。一緒に遊ぶにしても、二倍楽しくなるぞ。みんな、ちゃんと俺と遊んでくれよ」

「この人が、一応ここの主人の新堂匠《しんどうたくみ》さん。タクおじさんって呼んでたんだけど、結婚してからはタッグおじさんって呼ぶようになった。おばさんと一緒にタッグマッチって呼べるから」

「こらっ淳、一応はないだろ？」

「外側だけは貫禄《かんろく》つけちゃってるけど、中身はまだまだじいちゃんにかなわない藪《やぶ》医者だからさ」最近出っ張ってきたおじさんのお腹をさすりながら、淳之介がきついことを言う。

「そういう事実を、遊び仲間にバラしちゃダメだよ。信頼をなくして、遊んでもらえなくなっちゃうだろ」とっくに息子に追い抜かれていることを頼もしく思っているじいちゃんが、また豪快に笑った。

「まったく、淳はじいさんっ子だからかなわねぇよ。おっ、ケーキ食ったな？　俺も食いてぇ」おばさんが笑いながら「とってあるわよ」と立ち上がった。

「うちのお嬢さんは、どっか遊びに行ってんの？」

「確か、なおちゃんと遊ぶって言っておったな。そろそろ帰ってくるろぉ」

「このみってのがうちのひとり娘ね。もう何日もずっと淳たちの到着を待ちわびていたんだよ。まだピッカピカの小学一年生だけど、おしゃまさんだから口じゃかなわねぇぞ」

「患者さんは、もういないんか？」

「ケーキ食ったら、また行くよ。淳たちが着いたようなんで、抜け出してあいさつに参りました」おじさんはソファから立ち上がって、敬礼してみせた。

「このみも待ちわびておったども、匠もわしも真智子さんも同じぐらい長々と待っていたて」

「旅の土産話がいーっぱいあるんだよ。夕食の時でも、みんなそろったら話すから楽しみにしててよ」

おじさんは、ケーキを頬張っては紅茶を飲んだ。患者を待たせているのが、気になるのだろう。

「いつもなら、じいさんが『どれ、わしが看《み》てこようか』って言うくせに、淳がいるから動く気配もねぇよ」おじさんは淳之介にそっと耳打ちした後、歌いながら診察室へ戻って行った。今度のはスマップの『夜空の向こうに』だった。

新堂家のひとり娘、このみが遊びから戻って紹介し合った。おしゃまではあるが恥ずかしがり屋のこのみは、慣れるまでちょっと時間がかかりそうだ。

二階の和室を使ってくれと言われ、このみの案内で荷物を運んだ。リュックまで雨で湿っているので、中身を全部出して廊下に干しておく。

「このみちゃんちには、動物いるの？」裏の車庫にティガをつないできたが、犬がいる様子はなかった。

「ウサギがいるよ。ピーターラビットみたいなウサギ。ミミちゃんって名前なの」

「へぇー、ウサギを飼っているんだ。後で見せてくれる？」

「ウン、いいよ。犬とか猫も飼いたいんだけど、患者さんにきらいな人もいるから、おじいちゃんがダメって言うの」

「そっか、残念だね。ぼくたちの旅の途中で仲間になった小犬のティガを、裏の車庫につないであるんだ。かわいいよ」

「ワーッ、遊んでもいい？」

「明日の朝、晴れたら一緒に散歩に行こうよ」

「ウン」さすが、良太が一番にこのみの心をつかんだようだ。晃司はいつもの威勢のよさがなく、妙にはにかんでいる。

「マッチおばさんの手伝いに行こうぜ」

「よっしゃ！　腕の見せどころだ」晃司が、がぜん勢いづいた。

おばさんは「疲れているんだから、ゆっくり休んでいらっしゃいよ」優しく言ってくれたが、みんな自分たちの誠意を見せたくてうずうずしている。

じいちゃんやこのみまで台所に来て「何か手伝おうかね」なんて言っている。

「じいちゃんとこのみは、邪魔だからあっちに行ってて。おれたちが手伝うからさ」

淳之介に言われて、しぶしぶリビングに戻って行った。

「お父さんったら、淳ちゃんと少しでも一緒にいたくてしょうがないみたいね」普段と違う義父を、ほほえましそうに見送った。

おばさんに聞きながら、テキパキと分担をこなしていった。リビングのテーブルを片づけて、大きなテーブルを持ち出してきた。テーブルをきれいにふいて運ぶのは晃司と良太がやった。

淳之介は、ベーコンとスライスしたニンニクをカリカリに炒め、ほうれん草サラダのトッピングにした。

七時にならないとおじさんは診察室から解放されないので、それから夕ご飯だ。じいちゃんとおじさんはビール、ほかのみんなはウーロン茶で乾杯した。

食べながら、淳之介と良太が旅の様子を話して聞かせた。あちこちでじいちゃんやおじさん、このみまで質問してきたので、長い食事となった。

「短い日数で、ずいぶん貴重な体験をしてきたもんだな。どうりで顔つきまで大人っぽく見えたはずだ」おじさんが感心し、じいちゃんやおばさんもうなずいている。

「手伝いをして宿代を安くしてもらうなんて、大人だって難しいことをしてきたから手慣れていたのね。偉いわ、みなさん」おばさんが、納得したように言った。

「ねぇ、じいちゃん。いつだったか権現堂《ごんげんどう》の山へ連れて行ってもらった時、カタクリの群生を見つけたじゃない？　あれっていつだっけ？」

「あれは春休みだろのぉ。カタクリは、雪解けの後に咲く花だんが」

良太の動物や植物に対する博識ぶりを説明したら、じいちゃんが提案してくれた。

「明日でも権現堂に登ってみるか？　夏の花だって咲いているろぉ」

良太がニコニコして「お願いします」と言うと、このみが「あたしも行きたい」とめずらしく積極的だ。

「ふもとの公園で遊ぶんじゃなくて、山に登るんだぞ。このみには、まだ無理じゃないか？」と言う淳之介の言葉にも反論してきた。

「過保護はいかん、過保護は。過保護は愛情とは違うて——これね、おじいちゃんの口癖で、いっつもパパやママに言ってんの」このみのおしゃまぶりが顔を出した。

じいちゃんの高笑いが出た。「その笑いも、じいちゃんの癖じゃない？」晃司の一言に、全員が笑った。

おじさんは拍手つきで、大笑いして「いいぞ、いいぞ。俺は晃司が気に入った」とはやし立てた。

このみも含めた子どもたちだけで、後片づけをした。おばさんには、食器などをしまう場所だけ教えてもらった。

淳之介は、このみを走らせて「過保護はいかん、過保護は。過保護は愛情とは違うて」じいちゃんのまねをしている。口調といい声色《こわいろ》といいそっくりなので、おばさんに大ウケしている。ものまねを聞きつけたじいちゃんが、また高らかに笑っている。

「子どもがいっぱいいるのって、笑いが絶えなくていいわね。このみにも兄弟がいればよかったんだけど……」

「おれも一人っ子だから兄弟がほしかったけど、父さんの友だちの小倉さんはね、子どもがいないんだよ。世の中にはほしくてもできない人がいっぱいいるんだから、もう言わないことにした」

「あらっ、ホントにその通りね。淳ちゃんに諭《さと》されるなんて恥ずかしいわ」

「諭したわけじゃないけど、無理なことを願うより別なことにエネルギーを使うことにした」

「淳ちゃんがエネルギーを傾けるものってなあに？　興味あるな」

「今のところは写真だけど、いろんなことに挑戦中」

片づけを終えてリビングに戻るとじいちゃんとおじさんが将棋をさしていた。

「天気予報じゃ、明日は晴れて暑くなるってよ。もう雨は止んだよ」

「じゃあ、明日は権現堂山《ごんげんどうざん》ね、じいちゃん。何時にでる？」

「ふもとまで車で行くから、八時頃か？」

「オッケー、了解！」

「おやすみ」口々におやすみなさいを言って、二階の部屋へ行った。おばさんに聞いて、それぞれが自分のふとんを敷いた。

「淳兄ちゃんのじいちゃんもだけど、タッグおじさんっておもしろい人だね」

「なかなかだろ？」

淳之介はジーグさんたちに思いを馳《は》せながら、いつしか眠りに落ちていた。

きれいなお姉さん

翌朝、階下でさわぐこのみの声で目が覚めた。良太と晃司はすでに起きたようで、ふとんが半分に折りたたんであった。時計を見ると、六時を過ぎていた。

「おはよう」声をかけてリビングに入って行くと、みんなそろっていた。

「おはよう。淳ちゃんたち、起き抜けでもご飯食べられる？」おばさんに聞かれたとたん、お腹がグーッと鳴った。

「さっきね、ティガを見に行ってきたよ。すごーくかわいかった。エサもあげたよ」

このみが報告している。

「ご飯食べたら、みんなでお散歩に行くんでしょ？」

「ウン、みんなで行こう」良太が答えた。

ティガの散歩をさせようと、裏に回った。「池がふたつもあるなんて、すごーい」

晃司が感心している。ひとつは植木のある築山の下に、観賞用の錦鯉《にしきごい》を入れた浅い池がある。裏にある池は深目で、食用の真鯉《まごい》が飼われている。

「錦鯉の名産地の小千谷《おぢや》が近いせいか、この辺はどこの家にも池があるぞ」淳之介が説明すると、晃司と良太がめずらしそうに池をのぞき込んだ。

　ティガが、みんなの声を聞きつけて「早くおいで」とばかり鳴いた。「ティガ、今行くよ」良太の声に、またひと声ほえた。

「さあ、散歩に行くよ」みんなの顔を見て、うれしさのあまりちぎれるほどしっぽを振っている。舗装道路からのどかな農道へ、ぞろぞろと散歩に出た。

「このみ、学校は楽しいか？」淳之介の質問に、笑顔で力いっぱいうなずいて、担任の先生の話をしてくれた。

「美穂《みほ》先生って言うんだよ。すごく優しいの。友だちもいーっぱいできたし楽しいんだけど、いじめっ子の太一《たいち》君はきらい」「太一は、このみのことをいじめるのか？」「女の子にはね、意地悪なの」

「でもね、美穂先生が怒ると、太一君おとなしくなるの。そんでね、美穂先生は、おもしろい本をたくさん読んでくれるんだよ」

「そっか、このみは美穂先生が好きなんだ」

「ウン、だーい好き」

大好きな先生に教えてもらえるのが、学校生活では重要だということを淳之介は身をもって知っている。というのも、小学校一年生の担任には苦い思い出があるからだ。入学してまだ間もない頃、始業前に先生に呼ばれた。先生の机の前に行くと、いきなり「淳之介君、どうして花をみんな切っちゃったの?」きつい口調で聞かれたのである。何のことかわからず、返事もできなかった。

「何のこと?」と聞くと、先生は淳之介の腕をつかんでむりやり教室の窓際へ引っ張って行った。窓からのぞかせて「あの花よ」と指さした。

なるほど、昨日まできれいに咲いていた花壇のチューリップが、むしり取ったように花だけ全部なくなっている。

「昨日の放課後、あれを淳之介君がむしっているのを見た人がいます」

「でも、ぼくが切ったんじゃないよ」

「先生、昨日ぼくと凛《りん》君と淳ちゃんは教室を出てから、家の近くまで一緒でしたから絶対間違いです」智也《ともや》が言ってくれた。

「そうだよ。淳ちゃんがそんなことするわけないよ」凛君も加勢する。

先生は疑わしそうに見ながら「じゃあ、犯人は誰なの？」

「先生に淳ちゃんの名前を言った奴にきまってるじゃん。そいつこそ誰だよ」智也のナイスな推理だ。

「そんなこと、あなた方には言えません」先生は、手をパンパンたたいて「みなさん、席に着いてください。授業を始めます」

その件は、そのままうやむやにされて終わった。一年生の担任を初めて受け持ったと自己紹介していたその先生は、三十過ぎの独身だった。

「自分が間違っていたくせに、淳ちゃんに謝りもしないんだぜ」休み時間に先生がいなくなると、話題は朝の一件で持ちきりだった。

「犯人は？」誰もそこが一番気になる。淳之介には見当がついていたが、口にするとそいつと同等になってしまう気がしたのでだまっていた。

入学式の翌日、帰り道で「誰かぼくのカバン持ちたい人？　ぼくのパパは、区の議員で偉いんだぞ」大きな声を上げている奴がいた。「お前、バカか？」そいつに向かって言ったあと、通りすがりに頭をこづいてやった。

「誰だよ、あいつ」と言っている声が後ろで聞こえた。そいつが先生にバレバレのうそをついたに違いない。

それからも何かというとヒステリックになる先生で、ほとんどの男子が嫌っていた。智也が「絶対嫁にいけないタイプのあいつのあだ名、ヒスバアでどう？」みんな賛成し、以来すっかり定着した。

嫌いな先生の授業には、自然身が入らない。私語も多くなるので、ますますヒスバアを怒らせたものだ。

「このみは、大好きな美穂先生が担任でよかったな？」

「ウン、よかった」

そんな話をしていると、晃司が口をはさんだ。「ぼく、あんまり考えたことなかったけど、二学期から東京の小学校に転校するんだよね。大丈夫かな？」まるで他人ごとのようだ。

「最初が肝心だけど、あまり目立ちすぎるのも考えものだな」

「それってどういうこと？　なんだか難しそう」

「おれは転校の経験ないけど、何人かの転校生見てきて感じたことあるんだ。あのね、最初に自己紹介って必ずやるだろ？　あれが勝負なんだよ」晃司の不思議そうな顔を見ながら付け加えた。

「自己紹介の仕方と態度さ。短くてもいいから、きっぱりとしゃべる」

「へぇ」

「でも、間違っても万引き少年だったなんて言うなよ」

「自己紹介で言うつもりないけど、やっぱり隠さなくちゃいけないこと？」

「おれたちは、晃司の事情がわかっているからどうってことないけど、ほかの人にいちいち説明するのも面倒《めんどう》だろ？　だったら、だまっていりゃいいだけのこと」

「そっか、それでいいんだ」

「晃司は、事情からして隠しているって意識を持つこともないんだぞ。そんなこと早く忘れちまえよ」

「ウン、そうする」晴れ晴れした笑顔でそう答えた。

良太に連れられてうれしそうなティガは、改めて見るとずいぶん大きくなった。電車で帰る時は、どうしたらいいのだろう。後で、じいちゃんに聞いてみよう。

散歩から戻ると、おばさんがおにぎりを用意していてくれた。「手伝わなくてごめんなさい」良太が謝った。

「こんなにたくさん作ったのは初めてだけど、おじいちゃんが手伝ってくれたのよ」

「あらま、じいちゃんが。そりゃまためずらしい」

「特別うまいぞ」

「たぶんね」淳之介に軽く流されて、じいちゃんは不満そうだった。

マッチおばさんの車を借りて、権現堂山《ごんげんどうざん》に向けて出発した。ふもとの駐車場までは、車で二十分もかからなかった。

今日は、全員分のおにぎりを入れたリュックを淳之介が背負っている。

権現堂の登り口には、お社《やしろ》が建っていた。そこで、全員がお参りをしてから登り始めた。

じいちゃんを先頭に、このみが続いた。まだ一年生のこのみの体力を考えて、前もってじいちゃんに「ゆっくり登るからな」と言われていた。

権現堂山は、上権現《かみごんげん》と下権現《しもごんげん》のふたつが並んでいる。淳之介たちが登るのは上権現堂の方で、どちらも高さは千メートル弱である。

春には多種の山菜、秋には天然のきのこが採れる。山桜や山ツツジも見られるが、ブナの木が多い山だとじいちゃんが教えてくれた。

良太はあちこちで目ざとく野の花を見つけては、じいちゃんに名前を聞いたり、逆に教えたりしている。

途中で何度か休憩しながら、頂上へ着いた。「このみちゃんは、小《ち》っちゃい女の子にしてはガッツがあるね」このみが、晃司にほめられてうれしそうに笑った。

「じいちゃんも、年寄りにしちゃガッツがあるぞ」淳之介にからかわれて、本日初の高笑いが響き渡った。すると、笑い声のこだまが返ってきた。

「こだまって、本当に返ってくるんだね」尾瀬での登山は、ほかにも観光客がいたので大声で叫ぶこともしなかった。みんな、ここで初めてこだまを聞いた。

「でもさ、燧ヶ岳《ひうちがたけ》で西山さんがオオカミの遠吠えをまねた時、こだま聞こえた？」晃司が、淳之介に聞いた。言われてみれば、気づかなかった。

「こだまは山彦《やまびこ》とも言ってな、回りの山や谷間に反響してははね返って聞こえるもんじゃ。単体の山だと、はね返ってこんのじゃろ」じいちゃんの説明にみんな納得した。

権現堂山の頂上からのながめは、名もない山並みがどこまでも連なって、空へと続いている。

「ここには誰もいねぇから、みんな遠慮なく怒鳴ってみろ。気持ちがスッキリするぞ。大声を上げるのは、体にいいことなんだて」

じいちゃんが東南の方向を指して「あの山の向こうが、淳之介たちの歩いてきた湯之谷や大湯温泉だぞ」

淳之介が、そっちの方向に顔を向け、両手でメガホンを作って「ヤッホーッ」と怒鳴った。数秒後にこだまが返ってきた。

晃司が「星野さーん、風邪薬ありがとー」と叫んだ。こだまは返ったが、言葉まではっきりしない。

「ティガーッ」良太は、置いてきたティガの名前を呼んだ。

みんなで一緒に怒鳴ってみようということになって、いっせいのせで五人そろって「ヤッホーッ」と叫んだ。

忠実なこだまが「ヤッホーッ」と返してくれた。みんな晴れ晴れした顔で笑い合った後、お昼のおにぎりを広げた。

「山で食べるおにぎりのうまさは、格別だのぉ」おにぎりを頬張りながら、一様にうなずいた。

足下に気をつけながら、ゆっくりと下山した。途中でにょろにょろと散歩しているヘビに出会った。このみだけが「キャッ」と叫んだ。

山のふもとは、川と道路に挟まれた空間を「憩いの場」として開発してあった。数名の年寄りの先客がいて、じいちゃんとあいさつを交わしている。

下を流れる川の偵察に行った晃司が、降りて遊べることを伝えた。「車の中に、タオルも用意してあるから水遊びしてきていいぞ」

それぞれがTシャツとトランクス姿になって、ワーッと降りて行った。

一時間以上も、川での水遊びを楽しんだ。運動靴片手に戻ってきた全員が、泳いだかのようにビショぬれだ。いったん裸になって、さきほど脱いだ長ズボンと長袖シャツに着替えた。川の水は夏でも冷たくて、みんなくちびるが紫色になっている。陽だまりの暖かい場所でしばらく休み「さて、帰るかのぉ？」じいちゃんの声を合図に、車に向かった。

川が多いこととその水の冷たさを、晃司がじいちゃんに話しかけている。「山の谷間を流れる川が、縦横無尽《じゅうおうむじん》に里へと続いている。山から流れる冷たい雪解け水が、魚沼のおいしい米を作る元になってるがんだて」

田んぼの間には整然とした細い川が流れ、そこから必要なだけ自分の田んぼに水を取り入れられる工夫がされている。先人たちが、機械のない時代から苦労の末に作り上げてきた財産であることを、じいちゃんが語った。

「そういった昔の人たちの苦労や、丹精《たんせい》込めて米や野菜を作っているお百姓さんのことを思えば、食べ物を粗末には扱えんろぉ？」

お金さえ出せば、たいていのものが買える時代である。いくら便利な世の中になったからといって、使う物ひとつ、食べる物ひとつにも感謝の気持ちを忘れちゃいかん――じいちゃんの言いたいことは、そこに落ち着く。

このみに先を譲ってから、また男三人で風呂に入った。脱いだものを洗濯機に放り込んで回した。

四枚しかないTシャツは、これまで毎日のように洗濯してきたのでヨレヨレだ。おまけに淳之介は、翔くんとのケンカで一枚捨ててきた。

帰りは電車だから、新しいシャツを買いたいところだ。「マッチおばさんに、夕ご飯の買い物があるか聞いてみて、車で一緒に連れて行ってもらう?」

おばさんに聞いてみると、今夜は庭でバーベキューをするつもりなので、みんなが山に行っている間に買い物は済ませたと言う。

「下ごしらえは終わっているから、小出《こいで》のお店なら乗せて行くわよ」連れていってもらったスーパーの二階に、衣類のコーナーがあった。

それぞれ自分好みのシャツを手に、レジに並んだ。おばさんが、一枚ずつなら買ってあげるというのを断った。

「それじゃ、自分たちの旅の意味が半減しちゃうよ。食料と宿だけでもお世話をかけすぎているのに」

「ちゃんと、自分たちのポリシーを持った旅なのね？　じゃあ、おばさんもそれ以上言わないことにするわ」

バーベキューには、翔君と孝治君も招待した。翔君のおばさんは、じいちゃんへのお土産として日本酒の「八海山《はっかいさん》」を持たせてくれた。

このみが、隣のお姉さんも呼びたいと言うのできてもらった。淳之介も小学生のころ何度か遊んでもらった玲《れい》ちゃんだ。

三年ぶりに会った玲は、高二のきれいなお姉さんになっていた。クラスのうるさく騒ぎまくる女子には興味が持てなかったが、年上の玲を必要以上に意識している自分がいた。

「わぁ、淳ちゃん久しぶり！」屈託《くったく》なく話しかけてくる玲が、ちょっと恨《うら》めしかった。

「匠《たくみ》おじさんに聞いたけど、東京から歩いてきたんだって？」道中のエピソードをせがむ玲に対すると、冷静でいられない淳之介だった。

晃司がそんな淳之介を、チラチラ観察しているのも気になった。玲が良太と話しているスキをねらって、淳之介の耳元で「淳兄ちゃん、もしかして恋？」そのストレートな問いかけに、思わず顔が赤らんだ。

「いってぇー」淳之介に太ももをつねられた晃司が叫んで飛び上がったが、すぐに「なんでもない」みんなに向かってごまかした。

大勢でのバーベキューは、おいしくて楽しかった。新鮮な生モツやカルビ、タンのほかにエビやホタテと野菜がたくさん用意してあった。

食べ盛りの男の子が五人も増え、しかもその食欲旺盛ぶりには圧倒されたらしい。

「おれも中学生の頃は食べたもんだけど、すっかり忘れていたよ。気持ちいいな？」おじさんが、じいちゃんやおばさんに向かって言う。

後片づけを手伝ってから、みんなで「うすのろばかまぬけ」をやった。このみと玲とじいちゃんは、初めてだった。罰ゲームは「みんなの前で自分の得意な曲を直立不動で歌う」にした。

誰もが笑いころげる中、結局はじいちゃんが負けた。じいちゃんが立ち上がり、直立不動の姿勢をとった。「あんっなこっといいな、できたらいいな……」いきなり歌い始めた『ドラえもん』の主題歌に、みんな大爆笑だった。

「このみとドラえもんを見ているのは知ってたけど、まさか歌まで歌えるとは」

おじさんは涙をこぼしながら笑っている。

歌い終わったじいちゃんが言う。「明日はお墓参りだのぉ。きっと、ばあさんが迎えを待っておろう」

明日は、八月十三日だ。ばあちゃんは、淳之介の母親の後を追うように亡くなった。先祖代々の仏様と一緒に、ばあちゃんの霊を迎えに行く日である。

その場が、ちょっとしんみりした。玲や翔たちが帰り、おやすみを言い合ってそれぞれが部屋に引き取った。

初めての恋心

昨日とは別の方角へティガを散歩させながら、近くの林で遊んでいくことにした。三人が手を回して、やっと届くほどの杉の巨木があった。村人の何百年もの「時」を、ここで見守ってきたのだろう。石の祠《ほこら》が、ふたつ並んでそばに据《す》えてあった。

木登りに恰好《かっこう》の木もあった。まるで「どうぞ、登って遊びなさい」と言っているように斜めになった幹が、途中で横に曲がっている。そこに座れば、背の高い木馬にまたがったようだ。すぐそばに、スックと伸びた杉の木が「わたしにつかまって登りなさい」と言っている。

ここは、昔から子どもたちの大切な遊び場だった。インディアンごっこや戦争ごっこをしながら、みんな大きく育っていったのだという。

良太が登って、ゆっさゆっさと揺らして喜んでいる。このみでさえも、楽々と登っ

て遊べる。順番に登って楽しんだ。ティガもヒモをはずしてもらって、一緒にはしゃいで遊んでいる。

満足して家に帰りながら淳之介が言った。「十五日と十七日の夜は、近くの神社と観音様でお祭りがあるよ。盆踊り大会と屋台が出るぞ。お祭りが終わったら、十八日には東京へ帰るから」

するとこのみが「あたしね、そのお祭りできれいな着物を着て踊るんだよ」誇らしげに報告した。

明日の午後は、最後の練習があるのだという。「このみちゃんがひとりで踊るの？」晃司の質問に「一、二年生の六人で踊るの」

どうやら、学年別に何組かの女の子たちが踊りを披露するらしい。

「へぇ、きれいだろうね。楽しみだな」良太が、このみに言っている。

ひとりっ子のこのみにとって、いっぺんにできたお兄ちゃんたちが、帰る日のことを話題にするのを避けたような気もした。

その日はお墓参りのせいか患者もいなくなり、おじさんも三時で診察を打ち切ったようだ。夕食前にお墓に行って、仏様のお迎えをする。

　夕方のまだ明るいうちに、花とローソク、線香、お水のほかにお菓子を用意してお墓に出かけた。歩いて五、六分のところにあるお寺の裏側が、広い墓地になっている。

　お菓子をお墓に供えるのは、この地方独特の風習らしい。どこの家でもお菓子を供え、ビニール袋を持った子どもたちが集めて回るのだという。

「子どもの頃は、お参りの済んだお墓を回ってお菓子を集めるのが、楽しみのひとつだったんだよ」おじさんが、懐かしそうに言った。

「ばあさん、淳之介が友だちを連れて遊びにきたぞ。一緒に家に行こうや」じいちゃんが、お墓に向かって話しかけている。淳之介も亡《な》きばあちゃんに、心の中で呼びかけてお参りした。

　夕食は、お盆用のごちそうでにぎやかだった。地方色豊かなお盆料理は、良太や晃司にとってめずらしいものばかりのようだ。

　食べながら、晃司が言った。「親不孝っていうけど、じいちゃんのお墓参りもしないぼくって何て言うの？」

「気持ちの問題だな。晃司の心の中には、いつもじいちゃんがいるんだろ？ それで充分だよ。じいちゃんが一番わかっているはずだ」

「タッグおじさんも、たまにはいいこと言うんだ」淳之介にからかわれたおじさんは、鼻の穴を広げて胸を張った。

おじさんの言葉とともに晃司の顔がほころび、じいちゃんの高笑いが爆発した。年寄りの患者さんに「その笑い声を聞くだけで元気が出る」と言われているらしい。じいちゃんは子どもたちにも人気がある。

今度の旅で、じいちゃんやジーグさん、仁さんたちに共通している点を見つけた気がする。それは「子どもの視点でものを見られる」ところにある。無理を感じさせずにそれができる大人は、意外と少ないようだ。

次の朝、ティガの散歩をさせながら、晃司にプールで泳ぎの練習する気があるかどうか尋ねた。

「行きたいけど、海パンがないよ」と言う晃司の心配を、おばさんが解決した。「淳ちゃんが前にはいていたのがあるから、持ってきてみるわね」

晃司にはちょっと小さめだったが、間に合いそうだ。晃司がこのみに耳打ちしているのが気になったが、玲もプールに誘ったことで内緒話の理由がわかった。

玲が吹奏楽部でトランペット担当だってこと、お盆中は部活が休みだってことを、ちゃっかり晃司はバーベキューの夜聞き出していたらしい。

中学校のプールを、夏休み期間中だけ無料で開放している。そこまで、ワイワイと話しながら歩いて行った。空いていたので、泳ぐには最適だ。

まずは、顔が水に浸かるのに慣れることから始めた。それができたら、体全体の力を抜いて水に浮けるようになること。それから、ばた足で前に進めるようにする。力を抜くコツを覚えた晃司は、課題をクリアしていくのが早かった。

次いでクロールの呼吸法を教え、後は練習あるのみだ。なかなか前に進んでいかなかったが、格好はついてきた。

淳之介と良太は、幼稚園から小学四年生までスイミングスクールに通っていた。良太の泳ぎは遅いので、競泳向きではないがひと通りできる。

泳ぎと自転車は一度覚えてしまえば、何年のブランクがあろうと忘れないものだと聞いたことがある。

背の立つ場所で、晃司は真剣に練習していた。多少は泳げるこのみも、一緒に励んでいる。クロールがある程度できるようなったところで、平泳ぎを教えた。

合間に玲の提案で、良太を含めた三人で競争した。水着姿の玲を忘れてやる、とばかりに飛ばした淳之介が勝った。

お昼過ぎにプールを出て家への帰り道、玲が吹奏楽の大会を前にした思いを熱く語ってくれた。その大会後に三年生が引退するので、次期部長の話がきているのだという。好きなことを夢中で話す玲の目が、キラキラ輝いて眩《まぶ》しかった。

玲と別れお昼を食べると、泳いだ疲れが眠気を誘った。風通しのいい一階の和室で、みんなで昼寝をした。「明日も泳ぎたいね」眠そうな声で、晃司が言っているのが、夢の中のことのようにぼやけた。

夕食の準備を手伝っていると、踊りの練習に出かけたこのみとじいちゃんが一緒に帰ってきた。会合があって出かけていたじいちゃんと、途中で会ったのだそうだ。おじさんは朝早くから友だちとゴルフに出かけ、まだ帰ってきていない。

明日は、おじさんが海に連れて行ってくれる約束だ。ただ、このみの踊りの集合時間が四時なので、それまでに帰ることが条件だ。

お盆過ぎの日本海は、波も高くなるしクラゲの出没が増えるので、泳げるかどうか保証できないと言われた。全員が乗れるワゴン車を、今夜友だちから借りてくることになっている。

昨日のうちに誘っておいた玲も乗せて、おじさんが穴場だという「石地《いしじ》海岸」まで、高速道路を使ったので一時間半ほどで着いた。

確かに、テレビでよく見かける有名海岸の混雑とはほど遠かった。波も穏やかだったので、さっそく海に飛び込んだ。

晃司は海を見るのも初めてで、遠い水平線をながめてその広さを実感していた。このみと一緒に波と追いかけっこをしてはしゃいでいる。

「海は浮力が大きいから、プールより簡単に泳げるぞ」おじさんに言われ、泳ぎ始めたところに波がかぶさってきて、晃司は海水を飲んでむせた。「しょっぺー。海の水ってホントにしょっぱいんだね」

泳ぎ疲れると、砂遊びをしたり貝殻を集めたりもした。おじさんが海の家の売店で、ビーチボールを買ってきた。

三人ずつに分かれて、ビーチバレーで遊んだ。ルールは砂に書いた一本の線だけで、ほかは無視した。じいちゃんが審判役を買って出たが、笑って見ているだけの審判だった。

砂に足をとられるので思うように動けないが、ころんでも痛くないのがうれしい。お互いに真剣さと笑いが入り交じって、楽しく過ごした。

お昼は海の家で、なるとと海苔だけというシンプルなラーメンを食べた。「これこそ、昔懐かしのラーメンだ」おじさんが感動している。

お昼の後は、大人を海の家に残してまた海に出た。おじさんが、背後で「一時半までだぞ」と怒鳴っている。最後まで泳ぎを堪能《たんのう》して、シャワーを浴びて着替えた。

帰りの車中「海って、すっごく楽しいね」晃司がうれしそうに言った。

「晃司はいいな、これからいっぱい楽しいこと経験できるもんな」おじさんの言葉に、力を込めてうなずく晃司だった。

家に帰ると、このみはもう一度シャワーを浴びて、集合場所へ出かけて行った。おばさんも、子どもたちの着付けを手伝うことになっているので一緒だった。

盆踊りは七時頃から始まるらしい。その前に、このみたちの踊りが披露される。

「それまでに腹減っちゃうなぁ」おじさんが冷蔵庫を開けて、食べ物を物色《ぶっしょく》している。お昼はラーメン一杯きりだったから、淳之介たちも空腹を覚えていた。

おじさんが言うところの「男の料理」を出された。見た目はさほどうまそうでもないが、味は良かった。じいちゃんがビールを出してきて、おじさんと飲み始めた。

「ねえ、もう五時だからそろそろ行ってみない？」ほどよく空腹を満たされた淳之介が、ビールの減り具合を見て声をかけた。

「そうだな、あんまり飲み過ぎると真智子さんに叱られるんがのぉ」

「どれ、このみの踊りでも見物しに行くか」ふたりが腰を上げた。

じいちゃんとおじさんは、用意されていた浴衣に着替え、歩いて十分ほどの神社にみんなで出かけた。境内《けいだい》前の広場の真ん中に高いやぐらが組まれ、大きな和太鼓がデンと据《す》えられていた。

「なんで玲ちゃんを誘わなかったの？」晃司にそっと聞かれた。

「お祭りは友だちと行くって、前から約束していたんだってさ」

「そっか、残念だね。ここで会えるといいね」

淳之介は、玲に対する自分の気持ちを持て余していた。ドキドキしながらとはいえ話もできるし、楽しい時間を過ごせる。不思議なのは、別れたとたんまたすぐに会いたくなるのだ。

これが恋というものなのかどうか、経験のない淳之介にはよくわからない。初めて経験する感情は、甘さとほろ苦さが混じった切なさを伴っていた。気持ちを切り替えて、今は祭りを楽しもう。

広場を囲んだ石垣沿いの道路には、何台もの屋台が並び、焼きイカやたこ焼きのいい匂いがしていた。

このみたちが踊る舞台は、トラックの荷台らしい。紅白幕や花で派手に飾り付けられ、トラックの姿は見えない。低学年から始めるそうなので、このみのグループがトップに踊るという。

即席に作られた幕が開いた。このみは前列の真ん中で、化粧された顔と着物姿が妙に大人っぽかった。あまり音の良くないテープの音楽が流れ、踊りが始まった。しばらく前から練習していたのだろう、六人とも振り付けを合わせて上手に踊っていた。

観客の大きな拍手が贈られる中、お辞儀《じぎ》をして幕が引かれた。紺地に花柄の浴衣に着替えたこのみが、淳之介たちのところに来た。

「あたしの踊り、どうだった？」

「すごくきれいで、上手だったよ」良太が手放しにほめ称《たた》えた。みんなにもほめられて、最後はおじさんの前に立った。

「パパね、このみが世界で一番きれいだと思っちゃった」

「ふふふ」含み笑いをして照れたが、満足そうだった。

残り二組の踊りが終わると同時に、やぐらの上の太鼓が叩かれた。踊りの観客が、ぞろぞろとそちらに移動していく。

乱打されていた太鼓が止み、一定のリズムを刻み始めた。やぐらの下でマイクを持ったおじさんが、独特の節回しで盆踊りの歌を声高に歌う。

次々と踊りに参加する人たちが増えて、すぐに輪が広がった。三歳ぐらいの子どもから、じいちゃんばあちゃんまでどんどん広がっていく。

淳之介たちは、買った綿菓子を食べながら見ていた。このみが「一緒に踊ろうよ」誘いの言葉をかけて、友だちと踊りの輪に加わった。

踊りは単純な動作の繰り返しなので、ちょっと見物していれば誰にでも踊れそうだ。じいちゃんやおじさんも踊っている。歌の最初と途中に入る合いの手のような部分は、踊り手も含め全員が合唱している。

「やるか？」声には出さず互いの顔を見合わせた三人は、うなずきながら輪の中に加わった。淳之介たちが参加した頃には、すでに踊りの輪が二重になっていた。

晃司と良太は、飛び跳ねながらひょうきんに踊って見せてはクスクス笑っている。踊り手には、小中学生や高校生らしい男の子たちも多い。合唱する合いの手は、大声を張り上げようが音痴だろうが目立たない。

太鼓と歌い手が交替した。淳之介たちもいったん踊りの輪をはずれ、射的の屋台で遊んだりあんずあめをなめたりした。頬を紅潮《こうちょう》させたこのみが、友だちを紹介してまたどこかに消えた。

今度はじいちゃんやおばさんと一緒に、踊りの輪に入った。内側の輪に玲を発見して、胸がキュンと締めつけられた。そのとき、淳之介は自分の感情がまぎれもなく「恋」なんだと自覚した。無性にうれしい反面恥ずかしさに心が波立った。

少女マンガに登場するような感情が、自分の身に降りかかってきたことがまだ信じられない。玲にそんな自分を見破られないように、さり気なく手をあげてあいさつした。

踊りながら前を行く、浴衣姿の玲から目が離せなかった。一緒にいるのが女友だちばかりだったのに、ほっとしている自分がいた。

十時になると太鼓の乱打する音で盆踊りの終了が知らされた。ほどよい疲れと楽しい思い出とともに、みんなで帰途に着いた。

汗をかいたのでシャワーを浴びて出ると、おじさんたちはまたビールを飲んでいた。このみが眠そうにうとうとしながらも、ひとりだけ寝てしまうのが残念そうにがんばっているのを見て、お開きにすることにした。

旅の終わり

翌日の朝、うさぎのミミちゃんの敷きわらを取り替えた。その間だけ庭に放されたうさぎは、うれしそうにピョンピョンと跳ね回っていた。ティガもみんなのいる前庭につながれ、うさぎの動きを監視しているようだった。

「ケージに入れっぱなしだと、うさぎだってストレスがたまっちゃうんだって。たまにはこうして外に出してあげた方がいいよ」良太が、このみに教えている。

ティガの散歩の時に、うさぎも連れ出してみた。犬のようにヒモをつけるわけにもいかず、うさぎの行く方向へ合わせるしかなかった。時々立ち止まっては、草を食べたりする。そのつど、みんなの動きも止まる。「だるまさんがころんだ」をやっているみたいだ。いつもより早めに散歩を切り上げた。

今日は朝から曇り空だが、雨の心配はないらしい。時計を見ると、まだ九時十分前

だ。これから何して遊ぼうかという相談をした。

　ティガを電車に乗せるには、持ち運びできるケージに入れていかなくてはならない。じいちゃんが三時頃出先から戻ったら、小出のペットショップへ連れて行ってくれることになっている。そのことを、みんなに伝えた。

「ぼくは、せっかく少し泳げるようになったから、またプールに行きたいな」晃司が淳之介を見上げて言う。

「良太は？」

「ぼくは淳ちゃんの田舎にいるうちに、ありじごくの巣を見つけたいな。でも、プールでもいいよ」

「あたしね、ありじごくのいる場所知ってるよ。昨日盆踊りをやった神社の縁の下に、いっぱい巣があるんだよ」このみが教えてくれた。

「よしっ、じゃあ決まった。まずはプールへ行って、その帰りに神社へ回るってことでどう？」

「オッケー、了解！」ウキウキした晃司の返事で決定した。

このみに急いで水着に着替えるように言って、それぞれ海パンをはいて着替えを用意した。

時間がまだ早いせいか、プールには誰もいなかった。「ワーイ、ぼくたちの貸し切りだ」晃司がザブンと足から飛び込んだ。

晃司は、教わったことを復習しながら泳いでいる。休憩もなしに二時間ほど泳いでいたので、ずいぶん上達していた。ほかの三人は、このみが持ってきたビーチボールをふくらませて、水中バレーで遊んだ。

大人たちはお盆参りで留守なので、今日のお昼は自分たちで用意して食べることになっていた。

着替え終わる頃には、ちょうど十二時になるだろう。途中のお店で、パンを買ってかじりながら神社へ回ることにした。

お祭りの夜は気がつかなかったが、神社の床は高くて楽にもぐり込めた。床下の土はさらさらしていて、ありじごくが巣を作るのに絶好の場所だった。探すまでもなく、小さなすり鉢状のくぼみがたくさんある。

「うわーっ、すごーい。こんなにたくさんある」ひとつの巣穴を土ごと両手ですくった良太が、うれしそうな歓声を上げた。

土を少しずつ落としていくと、ありじごくが一匹現れた。「良太兄ちゃん、気持ち悪くないの？」晃司の問いかけに「ぜーんぜん」満面の笑みで答えた。

「すり鉢のような巣にありが落ちると、抜け出せないから『ありじごく』なんて名前をつけられているけど、成虫のウスバカゲロウはトンボに似ているよ」

「ああ、ぼくこれを持って帰って成虫になるまで飼ってみたいな」

「小さな飼育箱に、土と一緒に入れて持っていけば？」

「でも、この幼虫が何年目のものかわかんないから、成虫になるまでエサのアリをあげ続けるのは大変だよ。死んじゃったらかわいそうだから、自然のままが一番だよね」

「ありじごくが、巣穴に落ちたアリをエサにするのは本当だけど、体ごとムシャムシャ食べるわけじゃないいんだよ」

「へえ、じゃあどうするの？」

「ほら、ここにはさみを持っているでしょ。これでアリをはさんで巣の中に引きずり込んで、体液だけ吸ったらポイって巣の外に放り投げちゃうの」みんな感心して良太の話を聞いている。

「巣を壊しちゃってごめんね、ほらまた作りな」良太は、ありじごくを土産にするのは断念したようだ。

放されたありじごくは、また捕まっては大変とばかり、お尻を起用に動かして急いで土に潜っていった。そのユーモラスな動作に、見守る子どもたちは笑い合った。

家に帰り着いたのは、二時を少し回っていた。さっき菓子パンを一個ずつ食べたきりなので、淳之介が焼きそばを作ることにした。

キャベツ、玉ネギ、にんじんといった野菜をたっぷり入れた。野菜の切り方は雑だが、独自のソースを足した焼きそばは好評だった。腹が減っているので、何を食べてもおいしいというのもある。洗い物は、みんなで分担した。

じいちゃんが帰ってきたので、ペットショップへ連れて行ってもらった。

動物を見て回ってから、ティガを入れていくケージを探した。どうせ一回きりのことだから、一番安い値段のものを選んだ。「こんな狭いところに閉じこめて、ティガが鳴かなければいいけどね」良太は心配そうだ。

かごの下に敷くおしっこ用のパッドも一緒に買った。「帰ったら、試しに入れてみようよ」晃司がもっともな意見を言った。

「ティガが飽きないように、犬用のガムとかも用意した方がいいんじゃない？」淳之介のアイデアで、小犬用の小さめのガムとエサの小袋も買った。

家に帰ると、おじさんたちも戻っていた。明るいうちに、みんなで仏様をお墓へ送っていくことにした。

淳之介にとって初めて経験した今度の長旅は、多くの人たちの親切心とともに亡くなった母とばあちゃんが、見守っていてくれたお陰で無事だったような気さえする。ばあちゃんには、特別のお祈りをしてお別れした。

その日の夜は、近くの温泉に連れて行ってもらった。健康ランドに似た施設だが、天然の温泉というところが違う。大湯温泉で入った小さな旅館の風呂より数倍も大きく、晃司は大喜びだった。

家に帰ると、淳之介の大好きな「へぎそば」を注文してくれていた。一口ずつに小分けされたそばが、大きな木の箱に入ってくる。

晃司やほかのみんなにも好評で、二箱の中身がまたたく間に全員のお腹に消えてしまった。足りなかったかしらと、おばさんが心配したほどだった。

明日はおじさんのパソコンを借りて、時刻表をチェックしておこう。

翌朝ティガの散歩をさせた後、休診の診察室でパソコンを借りた。淳之介が時刻表の検索をするのを、晃司が興味津々《きょうみしんしん》でのぞいていた。

小出《こいで》の駅から浦佐《うらさ》まで上越線で行き、浦佐から新幹線で帰るつもりで時刻を調べた。時間を控えていると、じいちゃんが来て「浦佐駅まで車で二十分ほどなんだから、送っていくぞ」と言う。

そのままパソコンを操作して、トランプのゲームを晃司に教えた。マウスの扱いに慣れるには、もってこいのゲームだ。

晃司は、夢中になって遊んでいる。良太とこのみは、ティガをかごに入れてどんな反応を示すか試しに行った。淳之介はおじさんの書棚をのぞいて、おもしろそうな本を探した。

このみは、今夜の観音様の祭りでも踊るので四時前におばさんと出かけた。淳之介は午前中読みかけた本に戻ったが、晃司はおじさんにまたパソコンを貸してもらえるかどうか聞いている。

「いいよ。パソコンが生活の一部になりつつある時代だから、どんどん使って慣れるのが一番だよ」おじさんに言われ、またゲームを再開した。

観音様までは、歩いても五分とかからない。五時にはみんなで出かけた。このみの踊りが始まるまで、縁日の屋台を渡り歩いた。良太と晃司はテキ屋のおじさんやお兄さんを、質問責めにしている。

良太の魔法にかかったかのように、恐そうな顔のおじさんが、相好《そうごう》を崩して大声で笑っている。

「笑わせてくれたお礼だって、これもらっちゃった」ふたつ折りになったお好み焼きを、抱えてニコニコ顔の良太だ。

先にこのみの舞台の前に行っていたじいちゃんが、何を言って笑わせたのか良太に聞いている。「寅さんに似ているけど、おじさんもフーテンなの？　って聞いたの」

晃司が後を続けた。「おじさんね『そっか、似てるか？』って、ちょっと笑ったんだよ。そしたら良太兄ちゃんがニコニコしながら『寅さんなら、けっこう毛だらけ、ねこ灰だらけって言いながら売ってよ』って言ったとたん爆笑したんだよ」

「ユーモアを解《かい》すおじさんだね？」晃司が淳之介に聞いた。大湯からの道中、ユーモア談義に花を咲かせたのだが、晃司はそのときのことを思い出して聞いたようだ。

「そうだな。でも、へたすりゃ逆に怒られたかもしんねぇぞ」

「ウン、良太兄ちゃんだからこそ笑ったのかもね」当の本人は相変わらずニコニコ顔で、晃司たちにお好み焼きを分けている。

このみたち女の子の踊りの後は、また盆踊りの輪ができた。今夜は、全員が最初から参加した。

淳之介は玲の姿を探したが、見つけられずがっかりした。昨日から部活が始まると言っていたので、まだ学校なのかもしれない。

時々踊りの輪を抜け出して、ラムネを飲んだり腹ごしらえをした。お好み焼きの屋台にみんなで押しかけ、良太が「さっきはごちそうさまでした。踊ってお腹空いたから、今度はちゃんと買いに来ました」

「よっしゃ、そう思って特別うまいのを焼いといたぞ」おじさんが調子を合わせてくれる。みんなで一個ずつ買い、熱々のお好み焼きを頬張った。

ゴミを屋台わきの段ボール箱に捨てに行くと、晃司と良太の口を見たおじさんがティッシュを差し出した。「色男が台無しだ。女の子にもてねぇぞ」なるほど、ふたりの口の回りにはソースがついている。

おじさんに「またね」と手を振って踊りに戻った。終了合図の太鼓が乱打されるまで、そんなことを繰り返した。

田舎の夏祭りを楽しんだ疲れで、風呂に入ると眠くなった。明日は帰るという最後の夜だから、遅くまで話していようと言っていた晃司とこのみが先にダウンした。

部屋に引き取って、ふとんに入った。もう十一時を過ぎているのだから、眠くなっても当然だ。

淳之介は、良太や晃司と約束したことがある。東京に帰ったら、ジーグさん、仁さん、星野さん、仲丸のおばさんたちに、無事で旅を終えたことをお世話になったお礼かたがた手紙で知らせることだ。

明日帰ることは、それぞれが電話で自宅に知らせた。明後日の朝、淳之介と良太が晃司を迎えに行って、近くの図書館で手紙を書くことにしている。

その約束をした時に、晃司が「淳兄ちゃんのじいちゃんや、タッグマッチを忘れているよ」と指摘した。良太も「一番お世話になったもんね」と、淳之介のうっかりをみんなで笑ったものだ。

旅の最後を飾る十八日は、カラッと晴れ上がっていた。自分たちの使ったふとんをベランダに干し、シーツを洗濯機に放り込んだ。

電車の中でおとなしくしていられるようにティガの散歩を長めにさせ、じいちゃんとこのみものんびりとついて来た。

晃司がこのみに、ユーモアの講釈をたれている。良太のおばさんの笑い話を例題に上げると、じいちゃんの高笑いが爆発した。このみは理解できていないくせに、じいちゃんの笑いにつり込まれたようだ。みんなで思いっきり笑った。

全員の笑い声が、青く澄んだ空に吸い込まれていった。ティガも空中でクルっと回って、笑いの仲間に加わった。

三人が支度をしてリビングに集まって来た。「さっきまでの浮浪児三人組が、見違えるようになったたな」ヨレヨレのTシャツを取り替えただけなのに、おじさんが大げさに言う。

じいちゃん、おじさん、おばさん、このみを前に三人が座り、順番にお世話になったお礼のあいさつをした。

晃司は一番チビのくせに、不思議と泣かせるツボを心得ている。「寂しくなっちゃうわね」目頭《めがしら》を押さえながら、おばさんが言った。

今日からお盆明けの診察を再開していたが、おじさんは抜け出してきてくれた。

「今度、スキーとかボードを一緒にやるように、みんな冬休みにまた来いよ」ひとりひとりの頭や肩をたたいている。

良太がかごに入れたティガを抱えて、みんな車に乗り込んだ。窓を全開にして、おじさんおばさんが見えなくなるまで手を振った。

「秋はきのこ狩り、冬はスキーやかまくら、春は山菜採りとカタクリの群生も見られる。いつでもいいから、またおいで」ホームで新幹線を待つ間、じいちゃんが晃司と良太に新潟の田舎の良さをアピールしている。

このみは、おばさんに頼まれたお土産を渡しながら「本当にお手紙くれる？」晃司たちに聞いている。

「このみちゃんには、ちゃんと別に書くから待っててよ」ふたりに約束されて、泣きそうな顔に笑みを浮かべた。

ホームへの階段を急ぎ足で駆け下りてくる制服姿の玲を見たとき、淳之介の胸がまたドキンと高鳴った。

「間に合ってよかった」よほど急いだらしく、頬が紅潮して息があがっている。

「真知子おばさんに、電話で新幹線の時間聞いたんだ。ハイ、これお土産！」

「ありがとう」

お土産を渡された淳之介は、うれしいサプライズにそれしか言葉にならなかった。

「このみちゃん、寂しくなっちゃうね」

「ウン、でもお手紙くれるって」

「うわっ、いいな。みんな、あたしにも手紙ちょうだい」淳之介たちを順番に見つめながら、さっき手渡したお土産を指した。

「その中に住所と携帯番号のメモ入れてあるから」言い終わったときに、電車が入ってくるというアナウンスが流れた。

すべるようにホームに入ってきた新幹線に乗り込み、デッキで手を振った。ゆっくりと動き始めた電車は、手を振る玲、じいちゃんとこのみをホームに残しスピードを加速していった。

あとがき

本作品は、八年以上も前に一気に書き上げた私の処女作品です。このたび日本文学館のご尽力を得て、こうして世に送り出すことができ喜びもひとしおです。

美沙子流「人生渡世術」の三大要素、①あいさつ、②笑顔、③ユーモアを物語の随所に盛り込みました。人を変えることはできませんが、意識して自分を変えることはできます。自分が変わると、自然に周りも変わります。

本作を推敲している最中に、三月十一日の「東日本大震災」が起きました。それに伴って、福島の原発が大変な事態を引き起こしました。

私の個人的な意見ですが、このたび日本を襲った大きな大きな不幸は、バラバラの世界がひとつにつながるための荒っぽい手段として、神様の思し召しで日本が選ばれたような気がしてなりません。

「思いやりと強い精神力を持った日本人なら大丈夫‼」そんなお墨付きを、神様がくれたような気がしています。

便利・快適を上限なく望みすぎた人間への警告ともとれる今回の震災は、生き方や考え方の見直しを示唆されたのだと勝手に解釈しています。

そういった意味でも本作品で描いた時代遅れなスローライフと健全性を、世に出すには絶好の機会を得たように感じています。

私自身、尾瀬には高校生の夏休みに五泊のキャンプで行ったきりです。そのとき二つの山の登山もしました。しかし、あいまいな記憶と月日の流れは隠せません。不自然な場面もあるかと思いますが、ご容赦ください。

私の一番大きな夢でもあった小説の出版が、長年しぼむことなく実現できたのは高校時代の恩師・土田先生の一言のおかげです。そして、夢の実現を後押ししてくださった日本文学館の担当者に、厚くお礼を申し上げます。

著者プロフィール

青山　美沙子（あおやま　みさこ）

1952年、新潟の寒村に生まれ育つ。茨城県在住。

好奇心と感性を大切にしながら、年を重ねるごとに人間的魅力を増していく“いい女”を目指している。

風にのれ！
龍馬にあこがれた少年の旅

2011年7月1日　第1刷発行
2011年8月1日　第2刷発行
2013年11月1日　第3刷発行

著　者　青山　美沙子

発行者　向　哲矢

発行所　株式会社　日本文学館

〒160-0022 東京都新宿区新宿5-3-15
電話 03-4560-9700（販売）FAX 03-4560-9701
E-mail order@nihonbungakukan.co.jp

印刷所　株式会社　晃陽社

ISBN978-4-7765-2783-1